D1099977

Collection folio junior

dirigée par
Jean-Olivier Héron
et Pierre Marchand

Frances Elisa Hodges Burnett est née le 24 novembre 1849 à Manchester, en Grande-Bretagne. A l'âge de seize ans, elle suit sa famille qui se fixe aux États-Unis. Elle se rend populaire en écrivant des livres pour enfants, mais c'est *Le Petit Lord Fauntleroy* qui lui apporte le succès ; son fils lui servit de modèle pour le personnage principal.

Par la suite, elle publia de très nombreux romans, tant pour adultes que pour enfants.

Frances H. Burnett est morte à Knoxville, dans le Tennessee, le 24 octobre 1924.

Henri Galeron, auteur de la couverture du *Petit Lord*, est né en 1939 dans les Bouches-du-Rhône. Il a deux passions : les jouets mécaniques et la pêche à la ligne. Ce qui ne l'empêche pas d'être un dessinateur aussi talentueux que prolifique. Pour Folio Junior, il a réalisé les couvertures de nombreux livres, parmi lesquels *Les Contes de ma mère l'Oye* de Charles Perrault, *Le Fantôme de l'apothicaire* de Leon Garfield, *Le Poney rouge* de John Steinbeck, *Le Lion* de Joseph Kessel ou *Le Chat qui parlait malgré lui* de Claude Roy.

Frances H. Burnett

Le petit Lord Fauntleroy

Traduit de l'anglais
par Charlotte et Marie-Louise Pressoir

Illustrations de A. Birch

Gallimard

Titre original :
War Horse

Publié par Kaye et Ward Ltd, Tadworth
© Michael Morpurgo, 1982, pour le texte
© Editions Gallimard, 1986, pour la traduction française et les illustrations
© Editions Gallimard Jeunesse, 1997, pour la présente édition

I
Une grande surprise

Cédric lui-même n'en avait pas la moindre idée. On n'y avait jamais fait allusion devant lui. Il savait simplement que son papa était Anglais parce que sa maman le lui avait dit. Mais son papa était mort quand Cédric était un si petit garçon qu'il ne se rappelait pas grand-chose de lui, sauf qu'il était très grand, qu'il avait des yeux bleus et de longues moustaches blondes, et que c'était joliment amusant de faire le tour de la chambre, juché sur ses épaules. Depuis la mort de son papa, Cédric s'était aperçu qu'il valait mieux ne point parler de lui devant sa maman. Pendant que son père était malade, on avait éloigné Cédric et, à son retour, tout était fini. Sa mère, qui avait été très malade, elle aussi, commençait seulement à se lever et à s'asseoir dans son fauteuil près de la fenêtre. Elle était pâle et amaigrie, et les fossettes qui ornaient son joli visage avaient disparu ; ses yeux, qui semblaient s'être agrandis, avaient un regard triste, et elle était habillée de noir.

— Chérie, dit Cédric (son papa l'avait toujours appelée ainsi et le petit garçon avait appris à faire de même), Chérie, est-ce que mon papa va mieux ?

Il sentit trembler les bras qui l'enlaçaient et leva sa tête bouclée pour regarder le visage de sa mère. Il devina qu'elle allait se mettre à pleurer.

— Chérie, dit-il, a-t-il encore mal ?

Alors son petit cœur aimant lui dit soudain que ce qu'il avait de mieux à faire, c'était de mettre ses deux bras autour du cou de sa maman, de l'embrasser de toutes ses forces, et de presser sa joue fraîche contre la sienne. Et la maman, posant sa tête sur l'épaule de son petit garçon, pleura longuement en le serrant contre elle comme si elle ne voulait plus le laisser partir.

— Non, dit-elle en sanglotant, il n'a plus mal du tout. Il est heureux... Mais nous, nous voilà maintenant seuls tous les deux.

A ce moment, quoiqu'il fût bien petit, Cédric comprit que son papa, son beau, grand et jeune papa ne reviendrait plus jamais ; il comprit que son papa était mort, comme il l'avait entendu dire d'autres personnes, bien qu'il ne pût se représenter cette étrange chose qui apportait tant de désolation. Comme sa maman se mettait toujours à pleurer quand il lui parlait de son papa, Cédric avait jugé qu'il valait mieux ne point causer de lui trop souvent ; et il avait découvert également qu'il était préférable que sa maman ne restât pas trop longtemps immobile à regarder par la fenêtre ou à contempler le feu sans rien dire ni rien faire.

Mme Errol et son fils connaissaient très peu de monde et menaient ce qu'on peut appeler une existence très retirée, mais Cédric ne s'en rendit compte que lorsqu'il fut plus grand et qu'il sut pourquoi ils ne recevaient pas de visiteurs. Il apprit alors que sa mère était orpheline et seule au monde, quand son père l'avait épousée. Elle était fort jolie, et remplissait l'office de dame de compagnie auprès d'une vieille dame riche, de caractère acariâtre. Un jour où le capitaine Cédric Errol venait faire visite dans la maison, il avait vu la jeune fille monter l'escalier en courant, les yeux pleins de larmes ; et son visage avait une telle expression de tristesse et de douceur que le capitaine n'avait pu l'oublier. Dans la suite, ils avaient fait plus ample connaissance, s'étaient aimés et s'étaient épousés, en dépit de l'opposition manifestée par plusieurs personnes contre ce mariage. Celui qui en avait montré le plus de mécontentement était le père du capitaine Errol — vieux gentilhomme anglais, très riche et très en vue, qui avait un caractère difficile et professait une violente aversion à l'égard de l'Amérique et des Américains.

Il avait deux autres fils, plus âgés que le capitaine Errol, et la loi voulait que ce fût l'aîné qui héritât du titre et des biens de famille, lesquels étaient considérables. En cas de disparition du fils aîné, le second devenait l'héritier ; de sorte qu'il y avait très peu de chance pour que le capitaine Errol, bien qu'appartenant à une famille opulente, se trouvât jamais lui-même à la tête d'une grande fortune.

Mais la nature avait accordé au plus jeune fils les qualités qui avaient été refusées à ses aînés. D'extérieur agréable et de belle prestance, il avait un visage souriant et une voix joyeuse et sympathique ; il était brave, généreux, et semblait avoir le don de se faire aimer de tous. Ses frères étaient très différents ; aucun ne brillait par la bonté ou l'intelligence. Au collège d'Eton, ils n'avaient pas su se rendre populaires parmi leurs camarades et s'étaient fait très peu d'amis ; ils ne se souciaient pas de travailler et gaspillaient à la fois leur temps et leur argent. Le comte, leur père, n'éprouvait à leur sujet que déceptions et humiliations ; l'aîné, son héritier, ne faisait pas honneur au noble nom de ses ancêtres et promettait de n'être qu'un homme insignifiant, égoïste et dépourvu de toute qualité noble et virile. Le vieux gentilhomme éprouvait de l'amertume à penser que le troisième de ses fils, qui ne devait avoir qu'une situation médiocre, fût le seul qui eût tous les dons intellectuels et tous les avantages physiques, et il lui arrivait parfois d'en vouloir au jeune homme de posséder les qualités qui eussent si bien convenu à l'héritier d'un titre sonore et de propriétés magnifiques ; cependant, tout au fond de son cœur orgueilleux et inflexible, il ne pouvait s'empêcher d'avoir un faible pour ce plus jeune fils. C'était dans un de ces accès de rancœur qu'il avait envoyé celui-ci en Amérique, avec l'espoir que son absence durerait quelque temps ; il s'éviterait ainsi le désagrément de le comparer sans cesse à ses autres fils, dont la conduite déréglée lui donnait alors beaucoup de souci.

Au bout de six mois, cependant, il se sentit seul et se prit à désirer en secret le retour de son fils. Il écrivit donc au capitaine Errol de revenir. Cette lettre croisa en chemin celle où le capitaine parlait à son père de son amour pour la jolie Américaine et de son intention de l'épouser. Lorsque le comte reçut cette nouvelle, il entra dans une colère folle. Si mauvais que fût son caractère, jamais encore il ne s'était emporté aussi violemment. Le valet de chambre qui se trouvait avec lui crut que son maître allait avoir une attaque, tant la rage l'étouffait. Pendant une heure il donna libre cours à sa fureur, puis il s'assit à son bureau et écrivit à son fils pour lui défendre de jamais franchir le seuil de la demeure familiale, ou d'écrire à son père ou à ses frères. Le comte ajouta que le capitaine Errol pouvait vivre et mourir où bon lui semblait, mais qu'en aucun cas il ne devait compter sur l'aide de son père aussi longtemps que celui-ci vivrait.

Le jeune homme fut très affecté par la lecture de cette lettre. Il aimait beaucoup son pays, et il était très attaché à la vieille demeure qui l'avait vu naître ; il éprouvait même de l'affection pour son irascible père et avait compati à ses déceptions ; mais il voyait bien que désormais il n'avait plus rien à attendre du vieillard. Au premier moment, il se demanda ce qu'il allait faire, car il n'avait pas été préparé à travailler pour vivre et ne possédait aucune connaissance des affaires, mais il était à la fois courageux et tenace ; il donna sa démission d'officier de l'armée anglaise, puis, après quelques difficultés, trouva une situation à New York et se maria.

Le changement entre sa nouvelle existence et celle qu'il avait menée en Angleterre était considérable, mais il était jeune, heureux, et nourrissait l'espoir d'arriver plus tard, par son travail, à une situation meilleure. Le jeune ménage habitait une toute petite maison dans une rue tranquille, et c'est là que le petit garçon vint au monde. L'intérieur des Errol était si gai, si plaisant dans sa simplicité, que jamais le capitaine n'eut l'ombre d'un regret d'avoir épousé la jolie et charmante demoiselle de compagnie. Charmante, elle l'était vraiment, et leur petit garçon tenait à la fois de son père et de sa mère. Bien qu'il fût né dans un foyer simple et modeste, on eût dit le bébé le plus favorisé de l'univers. En premier lieu il se portait toujours à merveille ; ensuite, il avait un caractère si doux et de si gentilles manières qu'il charmait tout le monde ; son visage enfin était si agréable que c'était un plaisir de le regarder. Au lieu de venir au monde avec une tête chauve comme la plupart des nouveau-nés, il avait débuté dans la vie avec une quantité de cheveux dorés, soyeux et frisés, qui formèrent bientôt de véritables boucles ; il avait de grands yeux bruns aux longs cils, et il était si robuste qu'à neuf mois il commençait à se tenir sur ses jambes. Il semblait se rendre compte de la sympathie qu'il inspirait et considérer tous ceux qu'il voyait comme des amis. Si quelqu'un lui parlait dans la rue quand on le promenait dans sa petite voiture, il commençait par poser le regard grave et doux de ses yeux bruns sur l'étranger, puis lui adressait un joli sourire amical. Aussi, dans le quartier tranquille habité par les Errol, il n'y avait pas une seule personne — y compris l'épicier du coin dont le caractère bougon était notoire — qui ne prît plaisir à le voir et à lui faire des amitiés. Et à mesure qu'il grandissait, il devenait plus joli et plus attrayant.

Quand il fut assez grand pour marcher à côté de sa bonne en tirant derrière lui un petit chariot, il se tenait si droit, il était si frais et si rose, qu'il attirait l'attention de tous. Au retour, la bonne venait raconter à Mme Errol que des dames avaient fait arrêter leur voiture pour parler au bébé et qu'elles avaient été ravies de la gentillesse avec laquelle il leur avait répondu, comme s'il les avait toujours connues. Cette façon amicale et joyeuse d'accueillir les avances qu'on lui faisait était son plus grand charme. Ces dispositions aimables venaient de ce qu'il avait une nature très confiante et un bon petit cœur, facile à toucher et désireux de faire plaisir à tout le monde. Cela le rendait très prompt à deviner les sentiments de ceux qui l'entouraient. Peut-être en était-il ainsi parce que Cédric n'avait vécu que dans la société de son père et de sa mère dont les manières étaient toujours empreintes d'amabilité et de courtoisie. Il n'avait jamais entendu prononcer une parole dure ou malsonnante ; il avait toujours été aimé, caressé, traité avec tendresse, aussi son âme enfantine était-elle remplie d'affectueuses dispositions. Il avait toujours entendu donner à sa maman de jolis noms tendres dont il se servait lui-même en lui parlant. Il avait toujours vu son papa veiller sur sa maman et l'entourer de sollicitude, et il avait appris à être lui-même aux petits soins pour elle.

Aussi, quand il comprit que son papa ne reviendrait plus et qu'il vit la tristesse dans laquelle sa maman était plongée, l'idée qu'il devait faire tout en son pouvoir pour la consoler s'empara peu à peu de son cœur affectueux. Il n'était encore qu'un petit enfant, mais cette pensée lui venait à l'esprit chaque fois qu'il grimpait sur les genoux de sa mère et qu'il l'embrassait en pressant contre elle sa tête bouclée, quand il lui apportait ses joujoux et ses livres d'images pour les lui montrer, ou quand il se blottissait sur le divan où elle était étendue. Il n'était pas assez grand pour imaginer autre chose, mais il faisait ce qu'il pouvait et réussissait à la réconforter bien plus qu'il ne pouvait s'en rendre compte.

— Oh ! Mary, l'entendit-il dire un jour à leur vieille servante, je suis sûre qu'à sa façon naïve ce petit essaie de me consoler. Il me regarde parfois avec des yeux tendres et préoccupés comme s'il se faisait du souci pour moi ; puis il vient me câliner ou me montrer quelque chose afin de me distraire. C'est un vrai petit homme, et je crois qu'il comprend bien des choses.

Cédric tenait si bien compagnie à sa mère qu'elle n'en souhaitait point d'autre. Tous deux avaient coutume de se promener, de causer, de jouer ensemble. Il apprit à lire très jeune, et dès lors il passa ses soirées, étendu sur le tapis devant la cheminée, à lire tout haut, tantôt des histoires d'enfant, tantôt de gros livres de grandes personnes et parfois même le journal. De sa cuisine, Mary entendait souvent Mme Errol rire de tout son cœur des réflexions inattendues qu'il faisait sur ses lectures.

— Ma parole ! déclarait Mary à l'épicier, il y a de quoi rire de ses drôles de petites manières et de ses façons de causer comme les grandes personnes. Le soir de l'élection du Président, voilà-t-il pas qu'il vient me trouver dans la cuisine, se plante devant le fourneau, les mains dans les poches, sérieux comme un juge : « Mary, qu'il me dit, qu'est-ce que vous pensez de l'élection ? Moi, je suis républicain, et Chérie aussi. Et vous, Mary ? — Tous mes regrets, que je lui réponds, mais moi, je suis démocrate à tous crins. » Alors il lève les yeux avec un regard à vous fendre le cœur : « Oh ! Mary, qu'il me dit. Ne voyez-vous pas que le pays court à la ruine ? » Et depuis il ne se passe pas de jour qu'il ne vienne dans la cuisine discuter politique avec moi pour tâcher de me faire changer d'opinion.

Mary était au service de Mme Errol depuis la naissance de Cédric, et, depuis la mort du père, elle réunissait les fonctions de cuisinière, de femme de chambre et de bonne d'enfant. Elle était fière de ce petit garçon si gracieux et si robuste, fière de ses jolies manières, et aussi de sa chevelure dorée qui retombait en boucles sur ses épaules. Elle était toujours prête à se lever tôt et à se coucher tard pour aider Mme Errol à confectionner les vêtements de l'enfant et à les entretenir en bon état.

— On croirait un petit prince, avait-elle coutume de dire. Ma foi ! je voudrais qu'on me montre un petit monsieur de la Cinquième Avenue qui ait aussi bon air et aussi belle tournure. Du reste, tout le monde le regarde quand il porte le petit costume de velours noir taillé dans une vieille robe de Madame, et qu'il se promène, la tête bien droite, avec ses belles boucles dorées qui brillent au soleil. Il a tout à fait l'air d'un petit lord.

Cédric ne savait pas qu'il avait l'air d'un lord ; il ne savait pas ce que c'est qu'un lord. Son meilleur ami était l'épicier du coin — l'épicier revêche qui, avec lui, ne se montrait jamais revêche. Cet épicier s'appelait M. Hobbs, et Cédric avait pour lui autant d'admiration que de respect. Il croyait que M. Hobbs était un personnage très riche et très puissant, puisqu'il avait tant de choses dans son magasin — des pruneaux, des figues, des oranges et des biscuits — et qu'il possédait un cheval et une voiture de livraison. Cédric aimait bien le laitier et la marchande de pommes, mais il leur préférait M. Hobbs, et il était avec lui dans des termes si intimes qu'il allait le voir chaque jour et restait souvent un bon moment à discuter des sujets les plus variés. C'était étonnant tout ce qu'ils pouvaient trouver à se dire — sur le Quatre Juillet [1], par exemple. Quand ils abordaient le sujet du Quatre Juillet, la conversation n'en finissait plus. M. Hobbs tenait les Anglais en piètre estime, et il racontait à Cédric toute l'histoire de la Révolution en l'agrémentant de beaux récits patriotiques où la scélératesse de l'ennemi faisait encore ressortir l'intrépidité des troupes révolutionnaires. Il allait même jusqu'à lui réciter par cœur des passages entiers de la Déclaration d'Indépendance. Cédric l'écoutait, transporté, les yeux brillants, les joues en feu et la chevelure ébouriffée. Quand il revenait à la maison, il avait hâte de voir arriver l'heure du dîner pour tout raconter à sa maman. Ce fut probablement M. Hobbs qui lui donna le premier le goût de la politique. M. Hobbs se passionnait à la lecture des journaux, et par lui Cédric était mis au courant de tout ce qui se passait à Washington. M. Hobbs lui disait si le Président faisait ou non son devoir.

L'élection présidentielle mit Cédric dans un état de grande excitation ; si M. Hobbs et lui n'avaient pas été là, on peut se demander comment cela se serait passé. M. Hobbs l'emmena le soir voir une retraite aux flambeaux, et les porteurs de torches purent remarquer un gros homme posté contre un réverbère avec un beau petit garçon perché sur ses épaules, et qui lançait des hourras en agitant très haut sa casquette.

C'est peu de temps après l'élection — Cédric avait alors entre huit et neuf ans — que se produisit l'étonnant événement qui devait apporter dans son existence

---

1. Fête nationale commémorant l'indépendance des États-Unis.

un changement si complet. Chose curieuse, ce même jour Cédric s'était entretenu avec M. Hobbs de l'Angleterre et de la Reine, et M. Hobbs avait émis quelques opinions sévères sur l'aristocratie anglaise, manifestant une indignation particulière contre les comtes et les marquis. La matinée avait été très chaude, et Cédric, après avoir joué aux soldats avec quelques camarades, était venu se reposer dans le magasin. Il avait trouvé M. Hobbs en train de regarder d'un air farouche un numéro des *Nouvelles illustrées de Londres* représentant une cérémonie à la cour d'Angleterre.

— Ah ! dit l'épicier, c'est comme ça que ça se passe là-bas. Mais patience ! Un de ces jours, ils en auront assez, et ceux qui ont été piétinés par tous ces aristocrates se redresseront et enverront promener les comtes, les marquis et tout le bataclan !... Ça viendra... ça viendra... Ils peuvent y compter !

Cédric s'était perché comme d'habitude sur le grand tabouret, le chapeau en arrière, et avait enfoncé ses mains dans ses poches pour faire comme M. Hobbs.

— Est-ce que vous connaissez beaucoup de marquis ou de comtes ? demanda Cédric.

— Ah ! non, s'exclama M. Hobbs avec indignation. Sûr que non ! Il ferait beau voir qu'un de ces tyrans vienne fourrer son nez ici ! Grand merci... Vous ne pensez tout de même pas que je le laisserais s'asseoir sur mes boîtes à biscuits ?

M. Hobbs était si fier de cette déclaration qu'il promena autour de lui un regard superbe et s'épongea le front.

— Peut-être ne seraient-ils pas comtes s'ils pouvaient faire autrement, dit Cédric, éprouvant une vague sympathie pour une si fâcheuse condition.

— Eux ?... Par exemple ! riposta M. Hobbs. Mais ils en sont fiers ! Ils ont ça dans le sang ! Ah ! ce sont de tristes individus !

C'est au beau milieu de cette conversation que Mary fit son apparition.

Cédric pensa qu'elle venait sans doute acheter du sucre. Mais ce n'était pas cela. Mary était pâle et avait l'air agité.

— Venez, mon trésor, dit-elle. La maîtresse vous demande.

Cédric se laissa glisser de son haut tabouret.

— Est-ce que Chérie veut que j'aille me promener avec elle, Mary ? demanda-t-il. Au revoir, monsieur Hobbs. A bientôt.

Cédric s'étonna de voir que Mary le regardait sans parler, avec des yeux ronds et en branlant la tête.

— Qu'avez-vous, Mary ? dit-il. C'est la chaleur qui vous incommode ?

— Non, dit-elle ; mais il en arrive de drôles, chez nous.

— Est-ce que le soleil a donné la migraine à Chérie ? demanda Cédric avec inquiétude.

Mais non, ce n'était pas cela. En arrivant près de chez lui, Cédric vit une voiture arrêtée devant la porte ; et dans le petit salon il y avait quelqu'un qui s'entretenait avec sa maman. Mary l'entraîna précipitamment au premier étage, lui fit mettre son joli costume d'été en flanelle crème avec une ceinture rouge, et brossa ses mèches bouclées.

— Des lords, en vérité ! l'entendit-il marmonner. Et de la noblesse, et de la haute société... Quelle affaire, mon Dieu, quelle affaire !

Cédric était très intrigué, mais il était sûr que sa maman lui expliquerait ce que signifiait toute cette émotion ; aussi laissa-t-il Mary se lamenter sans la presser de questions. Quand il fut prêt, il descendit l'escalier en courant et entra dans le petit salon. Un monsieur âgé, grand et maigre, au visage en lame de couteau, était assis dans un fauteuil. Sa mère était debout, toute pâle, et il aperçut des larmes dans ses yeux.

— Oh ! Ceddie, s'écria-t-elle en courant vers son petit garçon qu'elle embrassa avec émotion. Oh ! Ceddie, mon chéri !

Le vieux monsieur se leva de son siège et posa sur Cédric son regard pénétrant. Il considéra un moment le petit garçon en caressant doucement de sa main sèche son menton pointu.

Cet examen parut le satisfaire.

— Ainsi, dit-il lentement, voilà donc le petit lord Fauntleroy !

II
Les amis de Cédric

Jamais, sans doute, il n'y eut petit garçon plus étonné que ne le fut Cédric pendant la semaine qui suivit ; jamais il n'y eut de semaine où tout lui sembla plus étrange et plus irréel. Pour commencer, sa maman lui raconta une histoire extraordinaire qu'il dut écouter attentivement deux ou trois fois avant de pouvoir la comprendre. Cédric se demanda ce que M. Hobbs en penserait. Il y était d'abord question de comtes : son grand-papa, qu'il n'avait jamais vu, était comte, et l'aîné de ses enfants aurait été comte un jour, lui aussi, s'il ne s'était pas tué en tombant de cheval. Après cet accident, c'est son autre oncle qui aurait été comte s'il n'était pas mort d'une mauvaise fièvre, à Rome. Après cela, c'est le papa de Cédric qui aurait dû être comte s'il avait vécu ; mais comme les trois frères étaient morts et que Cédric seul restait, c'était lui qui deviendrait comte un jour, après la mort de son grand-papa. Pour l'instant, il s'appelait lord Fauntleroy.

A cette nouvelle, Cédric devint tout pâle.

— Oh ! Chérie, dit-il, je n'ai pas du tout envie d'être comte. Aucun des garçons d'ici n'est comte. Est-ce que je ne pourrais pas m'en dispenser ?

Mais il semblait que ce fût chose impossible. Le soir, Cédric et sa mère, installés à côté de la fenêtre ouverte qui donnait sur la modeste rue, eurent une longue conversation à ce sujet. Cédric, assis sur son petit tabouret dans sa position favorite, les deux bras enlaçant un de ses genoux, avait une petite figure perplexe que rougissait l'effort qu'il faisait pour réfléchir. Son grand-père avait envoyé quelqu'un le chercher pour le ramener en Angleterre, et sa maman était d'avis qu'il devait partir.

— Je sais, dit-elle en regardant par la fenêtre d'un air triste, que ton papa l'aurait certainement désiré. Il aimait beaucoup son pays et sa maison natale, et il y a d'autres choses à considérer qu'un petit garçon ne peut pas bien comprendre. Je serais une maman bien égoïste si je ne t'envoyais pas là-bas. Tu comprendras pourquoi quand tu seras grand.

Cédric secoua tristement la tête.

— Je regretterai beaucoup de quitter M. Hobbs, fit-il. Je crois que je lui manquerai, et lui me manquera certainement beaucoup. Tous les gens d'ici me manqueront.

M. Havisham, qui était l'avoué et l'homme d'affaires du comte de Dorincourt et qui avait été envoyé par ce dernier pour ramener lord Fauntleroy en Angleterre, revint le lendemain, et Cédric apprit beaucoup de choses. Toutefois l'annonce qu'il serait très riche un jour, qu'il aurait des châteaux par-ci, des châteaux par-là, de grands parcs, des mines profondes, de vastes propriétés et de nombreux tenanciers, ne suffit pas à le réconcilier avec sa nouvelle situation. Il était préoccupé au sujet de son ami M. Hobbs, et alla le voir dans son magasin peu après le déjeuner, avec un esprit fort troublé.

Cédric trouva M. Hobbs en train de lire le journal du matin et s'approcha de lui d'un air plein de gravité. Il sentait que la nouvelle de ce qui lui était arrivé ne pouvait manquer de causer à M. Hobbs une pénible émotion et, chemin faisant, il avait réfléchi au meilleur moyen de lui en faire part.

— Eh ! fit M. Hobbs. Bien le bonjour !

— Bonjour ! dit Cédric.

Il ne grimpa point comme de coutume sur le haut tabouret, mais s'assit sur une caisse à biscuits et, joignant les mains sur son genou, demeura d'abord tellement silencieux que M. Hobbs, levant enfin les yeux, le regarda d'un air interrogateur par-dessus son journal.

— Et alors ? fit-il.

Cédric rassembla tout son courage.

— Monsieur Hobbs, dit-il, vous vous rappelez de quoi nous causions hier matin ?

— Ma foi, dit M. Hobbs, il me semble que c'était de l'Angleterre.

— Oui, dit Cédric ; mais ce que nous disions au moment où Mary est venue me chercher, vous en souvenez-vous ?

M. Hobbs se frotta la nuque :

— Nous causions de la reine Victoria et de l'*aresto-cratie* anglaise.

— Oui..., reprit Cédric d'un ton hésitant, et... et aussi des comtes... vous ne vous rappelez pas ?

— Que si, répliqua M. Hobbs ; nous disions ce que nous en pensions, il me semble.

Cédric rougit jusqu'à la racine de ses cheveux bouclés. Jamais, dans toute son existence, il ne s'était senti si embarrassé. Il craignait que la situation ne fût également un peu embarrassante pour M. Hobbs.

— Vous avez dit que vous ne leur permettriez pas de s'asseoir sur vos boîtes à biscuits.

— Certes oui, dit M. Hobbs avec énergie. Et je ne m'en dédis point. Qu'ils essaient un peu, pour voir...

— Monsieur Hobbs, dit Cédric, il y en a un qui est assis sur cette caisse en ce moment.

M. Hobbs sursauta violemment.

— Comment ? s'exclama-t-il.

— Oui, annonça Cédric avec la modestie qui convenait ; j'en suis un... ou j'en serai un plus tard. Je ne voudrais pas vous tromper.

M. Hobbs avait l'air agité. Il se leva soudain et alla regarder le thermomètre.

— C'est la chaleur qui lui monte à la tête ! s'écria-t-il en se retournant pour examiner la mine de son jeune ami. Pour une journée chaude, c'est une journée chaude. Comment vous sentez-vous ? Vous n'avez mal nulle part ? Depuis quand vous sentez-vous comme ça ?

Il posa la main sur la chevelure du petit garçon. La situation était plus embarrassante que jamais.

— Merci, dit Cédric. Je vais tout à fait bien. Je n'ai

pas du tout mal à la tête. Je regrette que ce soit vrai, monsieur Hobbs ; c'est même à cause de ça que Mary venait me chercher hier. M. Havisham était en train de tout expliquer à maman, et M. Havisham est un homme de loi.

M. Hobbs se laissa tomber sur son siège et s'essuya le front avec son mouchoir.

— L'un de nous a reçu un coup de soleil, s'écria-t-il.

— Mais non, répliqua Cédric, ce n'est pas ça. Il faut en prendre notre parti, monsieur Hobbs. M. Havisham est venu tout exprès d'Angleterre pour nous le dire. C'est mon grand-papa qui l'a envoyé.

M. Hobbs considéra d'un air égaré le petit visage grave et ingénu qu'il avait devant lui.

— Comment s'appelle votre grand-père ? demanda-t-il.

Cédric mit la main dans sa poche et en tira avec précaution un morceau de papier sur lequel était écrit quelque chose de sa grosse écriture ronde et irrégulière.

— C'est très difficile à retenir, aussi je l'ai écrit là-dessus, dit-il. (Et il lut tout haut, lentement :) « John Arthur Molyneux Errol, comte de Dorincourt. » Voilà son nom, et il vit dans un château, — dans deux ou trois châteaux, même, je crois, — et mon papa, qui est mort, était son plus jeune fils. Je ne serais pas devenu un lord si mon papa n'était pas mort. Et mon papa ne serait pas devenu comte si ses deux frères n'étaient pas morts aussi. Mais ils sont tous morts et il ne reste plus que moi — pas d'autre garçon. Alors, je suis obligé d'être comte, et mon grand-papa a envoyé quelqu'un ici pour m'emmener en Angleterre.

M. Hobbs semblait avoir de plus en plus chaud. Il essuyait son front et la partie dégarnie de son crâne en respirant bruyamment. M. Hobbs commençait à comprendre que quelque chose de très extraordinaire était arrivé ; mais quand il regardait le petit garçon assis sur la boîte à biscuits et qui le regardait lui-même avec une expression inquiète dans ses yeux enfantins, et constatait qu'il n'avait aucunement changé, qu'il avait le même aspect que le jour précédent, et que c'était le même gentil petit bonhomme vêtu d'un costume de drap noir orné d'une cravate rouge, toute cette histoire de titres et de noblesse lui semblait ahurissante. Il était d'autant plus désorienté que Cédric lui faisait cette révélation avec une simplicité ingénue, et sans se rendre compte lui-même, c'était évident, de ce qu'elle avait de prodigieux.

— Comment... comment avez-vous dit que vous vous appeliez ? questionna M. Hobbs.

— Cédric Errol, lord Fauntleroy, répondit Cédric. C'est comme cela que M. Havisham m'a appelé. Il a dit, quand je suis entré : « Ainsi, voilà donc le petit lord Fauntleroy ! »

— Eh bien ! s'écria M. Hobbs, que le diable m'emporte !

C'était une exclamation dont il usait toujours dans les moments de grande surprise ou de grande émotion. Il ne trouva rien d'autre à dire pour exprimer sa stupéfaction.

Cédric pensa que cette exclamation convenait à la situation. Il avait tant de déférence et d'admiration pour M. Hobbs qu'il approuvait tout ce qu'il disait. Cédric n'avait pas encore été suffisamment dans le monde pour se rendre compte que le langage de M. Hobbs n'était pas toujours très châtié. Evidemment M. Hobbs était très différent de sa maman ; mais aussi, sa maman était une dame, et il pensait que les manières des dames différaient toujours de celles des messieurs. Il regarda M. Hobbs d'un air songeur.

— L'Angleterre, c'est loin d'ici, n'est-ce pas ? demanda-t-il.

— C'est de l'autre côté de l'océan Atlantique, répondit M. Hobbs.

— Voilà ce qui m'ennuie le plus, dit Cédric. Peut-être ne vous reverrai-je pas d'ici longtemps. Il m'est pénible de penser à cela, monsieur Hobbs.

— Les meilleurs amis doivent parfois se séparer, observa M. Hobbs.

— Et voilà bien des années que nous sommes amis, n'est-ce pas, monsieur Hobbs ?

— Depuis votre naissance, précisa M. Hobbs. Vous aviez quelque chose comme six semaines lorsqu'on vous a fait traverser la rue pour la première fois.

— Ah ! remarqua Cédric avec un soupir, j'étais loin de penser alors que je serais obligé d'être un comte !

— Vous croyez, dit M. Hobbs, qu'il n'y a pas moyen d'arranger ça autrement ?

— J'ai bien peur que non, répondit Cédric. Maman dit que mon papa aurait aimé cela pour moi. Mais si je suis obligé d'être comte, il y a toujours quelque chose que je puis faire ; je puis essayer d'en être un bon. Je ne veux pas du tout être un tyran. Et s'il doit y avoir encore une guerre entre l'Angleterre et l'Amérique, je tâcherai de l'arrêter.

Sa conversation avec M. Hobbs fut longue et sérieuse. Dès qu'il fut remis du premier choc causé par la nouvelle, M. Hobbs ne montra pas tant de mécontentement qu'on en aurait pu attendre de lui ; il essaya de prendre son parti de la situation, et pendant le reste de l'entretien il posa à Cédric une grande quantité de questions. Comme Cédric n'était en mesure de répondre qu'à très peu d'entre elles, M. Hobbs essaya d'y répondre lui-même, et une fois lancé sur le chapitre des comtes, des marquis et des propriétés seigneuriales, il expliqua beaucoup de choses d'une façon qui aurait probablement fort surpris M. Havisham si ce digne homme de loi avait pu l'entendre.

C'est qu'il y avait bien des choses qui étonnaient M. Havisham. Il avait passé toute sa vie en Angleterre et n'était pas accoutumé aux Américains et aux habitudes américaines. Par sa profession, il était en rapport depuis près de quarante ans avec la famille de Dorincourt. Il connaissait à fond tout ce qui concernait ses vastes domaines, sa grande fortune et le rang éminent qu'elle occupait dans la haute société anglaise ; et à sa manière froide et flegmatique d'homme d'affaires, il s'intéressait fort à ce petit garçon qui deviendrait un jour maître et seigneur de tous ces biens — au futur comte de Dorincourt. Il avait su les humiliations infligées au vieux

comte par ses fils aînés et la violente colère qu'avait provoquée chez lui le mariage de son plus jeune fils ; il
savait aussi combien le comte continuait à détester la
douce petite veuve, dont il ne pouvait parler sans user
de paroles dures et amères, affirmant qu'elle n'était qu'une
vulgaire intrigante qui avait manœuvré pour se faire
épouser par le capitaine Errol, parce qu'elle savait que
c'était le fils d'un comte. Le vieil avoué lui-même était
bien près d'en penser autant. Au cours de sa carrière, il
avait vu beaucoup de gens égoïstes et intéressés et n'avait
pas une opinion flatteuse des Américains. Lorsque sa
voiture avait pénétré dans la banale petite rue et s'était
arrêtée devant le modeste logis, il s'était senti vraiment

offusqué. Il lui était pénible de penser que le futur possesseur des châteaux de Dorincourt, de Wyndham Towers, de Chorlworth et de tant d'autres splendeurs, était né et avait été élevé dans cette insignifiante demeure située dans une rue dont une sorte d'épicerie-fruiterie formait le coin. Il se demanda comment pouvait être cet enfant, et quelle sorte de mère il avait. La perspective de faire leur connaissance à tous deux ne lui causait aucun plaisir. Il était fier de cette noble famille dont il dirigeait les affaires depuis si longtemps, et il lui eût été désagréable d'avoir à traiter avec une personne vulgaire et intéressée, n'ayant aucune considération pour le pays de son mari et aucun souci de la dignité de son nom. C'était un très beau nom, un nom très ancien, et M. Havisham lui-même le tenait en grand respect, bien qu'il fût seulement un homme de loi flegmatique, avisé et précis en affaires.

Il examina d'un œil critique le petit salon dans lequel Mary l'introduisit. La pièce était simplement meublée, mais elle avait un air de confort et d'intimité. On n'y voyait pas de bibelots vulgaires ou de peintures sans valeur ; les quelques gravures qui ornaient les murs étaient de fort bon goût, et il y avait de côté et d'autre de jolis ouvrages de broderie qu'une main de femme avait dû exécuter.

« Jusqu'ici, c'est assez satisfaisant, pensa-t-il. Mais peut-être est-ce le goût du mari qui a prévalu. » Cependant, quand Mme Errol entra dans le salon, il se dit qu'après tout elle pouvait bien être pour quelque chose dans l'aspect agréable de la pièce. Si M. Havisham n'avait pas été un vieux monsieur froid et maître de lui, il aurait probablement tressailli en la voyant. Dans la robe noire toute simple qui moulait sa mince personne, elle avait plutôt l'air d'une jeune fille que de la mère d'un petit garçon de huit ans. Ses grands yeux bruns avaient un regard tendre et ingénu, et son jeune et joli visage portait une expression de mélancolie qui ne la quittait guère depuis que son mari était mort. Cédric était habitué à lire cette expression sur le cher visage. Il ne la voyait se dissiper que lorsqu'il jouait ou causait avec sa maman ou lorsqu'il s'exprimait comme une grande personne et employait de ces longs mots qu'il trouvait dans le journal ou recueillait dans la conversation de M. Hobbs. Il aimait à se servir de mots compliqués ; et il était très content quand il faisait rire sa mère, bien qu'il ne comprît pas ce que ces mots-là avaient de risible. Lui-même les trouvait très sérieux.

L'expérience personnelle de l'avoué l'avait rendu particulièrement apte à déchiffrer les caractères, et dès qu'il vit la mère de Cédric, il comprit que le comte avait commis une grande erreur en la prenant pour une femme vulgaire et intéressée. M. Havisham ne s'était jamais marié et n'avait même jamais été amoureux, néanmoins il sentit que cette charmante créature au regard mélancolique avait épousé le capitaine Errol uniquement parce qu'elle l'aimait de tout son cœur, et que le fait qu'il était fils d'un comte n'avait donné lieu chez elle à aucun calcul. Il sentit qu'il n'aurait aucune difficulté avec elle et eut dès lors l'impression que le petit lord Fauntleroy pourrait, après tout, ne pas être un déshonneur pour sa noble famille. Le capitaine était très bel homme, et la jeune mère fort jolie ; il y avait des chances pour que le petit garçon eût un physique agréable.

Lorsque M. Havisham eut dit à Mme Errol ce qui l'amenait, celle-ci devint toute pâle.

— Oh ! dit-elle, est-ce qu'on va me l'enlever ? Nous nous aimons tant tous les deux ! Il est toute ma joie ; je n'ai plus que lui. Je me suis efforcée de le bien élever.

Sa jolie voix fraîche se mit à trembler tandis que les larmes lui montaient aux yeux.

— Vous ne pouvez savoir ce qu'il est pour moi, dit-elle.

M. Havisham toussa pour s'éclaircir la voix.

— Je suis obligé de vous dire, reprit-il, que le comte de Dorincourt n'est pas... n'est pas très bien disposé à votre égard. C'est un vieillard fortement ancré dans ses préventions. Il a toujours eu beaucoup d'antipathie pour l'Amérique et les Américains, et le mariage de son fils l'a courroucé à l'extrême. Je regrette d'être chargé d'une communication si désagréable, mais je dois vous dire qu'il a décidé de ne pas vous voir. Son désir est que lord Fauntleroy soit élevé sous sa propre direction et qu'il vive avec lui. Le comte est attaché à sa résidence de Dorincourt, où il passe la plus grande partie de l'année. Il est sujet à des accès de goutte et n'aime pas du tout Londres. Lord Fauntleroy, par conséquent, vivra surtout à Dorincourt. Lord Dorincourt vous offre comme résidence Court Lodge, joli pavillon agréablement situé à proximité du château. Il vous offre en outre un revenu approprié. Lord Fauntleroy aura la permission d'aller vous y voir. La seule stipulation du comte, c'est que vous-même n'irez pas lui rendre visite et que vous ne franchirez pas les portes du parc. Vous le voyez, vous ne serez pas vraiment séparée de votre fils, et je vous assure, madame, que les termes de cet arrangement ne sont pas si durs que... qu'ils auraient pu l'être. Je suis persuadé que vous vous rendez compte des avantages inestimables de milieu et d'éducation offerts à lord Fauntleroy.

La crainte que Mme Errol n'eût une crise de larmes, comme beaucoup de femmes n'y auraient pas manqué, lui causait un certain malaise. Il ne pouvait supporter de voir pleurer une femme.

Mais elle n'en fit rien. Elle alla jusqu'à la fenêtre et garda son visage détourné quelques instants, durant lesquels il vit qu'elle essayait de se maîtriser.

— Le capitaine Errol aimait beaucoup Dorincourt, dit-elle enfin. Il était très attaché à son pays et à tout ce qui est anglais. L'exil lui a toujours été pénible. Il était fier de sa maison et de son nom. Il aurait souhaité, j'en suis sûre, que son fils pût connaître les vieilles demeures familiales et recevoir une éducation en rapport avec sa situation future.

Elle revint vers la table et fixa sur M. Havisham un regard pensif.

— Oui, c'eût été le vœu de mon mari, dit-elle, et cela

vaudra mieux pour mon petit garçon. Je suis persuadée que le comte n'aura pas la cruauté de vouloir le détacher de moi ; et je sais que, même s'il l'essayait, mon Cédric ressemble trop à son père pour être capable de changer. Il a une nature affectueuse et un cœur fidèle : même si nous étions tout à fait séparés, il continuerait à m'aimer. Du moment que nous pourrons nous voir, je n'aurai pas sujet de souffrir beaucoup.

« Elle ne pense pas à elle, se dit l'avoué. Elle ne pose pour elle aucune condition. »

— Madame, dit-il tout haut, je rends hommage à l'abnégation dont vous êtes prête à faire preuve pour le bien de votre fils. Il vous en remerciera lui-même plus tard. Je puis garantir que lord Fauntleroy sera l'objet d'une sollicitude attentive et que tout sera fait pour qu'il mène une existence heureuse. Le comte de Dorincourt est aussi désireux d'assurer son bien-être que vous pouvez l'être vous-même.

— J'espère, dit la tendre petite maman d'une voix légèrement brisée, que son grand-père aimera Céddie. Mon petit garçon a une nature aimante, et il a toujours été entouré d'affection.

De nouveau, M. Havisham s'éclaircit la voix. Il se représentait mal le vieux comte goutteux et irascible s'attachant à qui que ce fût. Mais il savait que c'était l'intérêt du grand-père de se montrer bon, à sa manière bourrue, envers son héritier. Il savait aussi que si l'enfant lui faisait tant soit peu honneur, le comte serait fier de lui.

— Lord Fauntleroy sera très bien à tous points de vue, j'en suis sûr, répondit-il. C'est dans le but d'assurer son bonheur que lord Dorincourt désire que vous vous installiez assez près de lui pour qu'il puisse vous voir fréquemment.

M. Havisham estima qu'il ne serait pas judicieux de répéter les paroles exactes du vieux gentilhomme, qui n'étaient ni aimables ni polies. Il préféra donc présenter l'offre de son noble client en termes plus doux et plus courtois.

Il éprouva de nouveau un léger choc quand Mme Errol

demanda à Mary d'aller chercher le petit garçon, et que Mary lui dit où il était.

— Sûr que je le trouverai sans peine, madame, car il est en ce moment chez M. Hobbs, assis sur le grand tabouret près du comptoir, en train de causer politique ou de s'amuser comme un amour avec le savon, les bougies et les pommes de terre.

— M. Hobbs le connaît depuis sa naissance, expliqua Mme Errol. Il se montre très gentil avec Ceddie, et tous deux sont de grands amis.

Au souvenir de la boutique qu'il avait entrevue au passage, avec ses barils de pommes de terre et ses marchandises variées, M. Havisham sentit renaître ses craintes. En Angleterre, les fils de gentilshommes n'ont pas coutume de se lier avec des épiciers, et de telles habitudes lui semblaient pour le moins singulières. Ce serait bien regrettable si l'enfant avait pris de mauvaises manières et se plaisait en vulgaire compagnie. Une des humiliations les plus amères de lord Dorincourt avait été provoquée par le goût manifesté par ses deux fils aînés pour les basses fréquentations. Se pourrait-il que l'enfant partageât les mauvaises inclinations de ses oncles au lieu d'avoir hérité des belles qualités de son père ?

Cette pensée le tourmentait tandis qu'il continuait à causer avec Mme Errol, et son malaise dura jusqu'au moment où l'enfant entra dans la pièce. En fait, lorsque la porte s'ouvrit, il hésita un instant avant de regarder Cédric. Les personnes qui connaissaient M. Havisham auraient sans doute été fort surprises si elles avaient connu les impressions curieuses par lesquelles il passa en cet instant. Toutes ses craintes s'envolèrent quand il posa les yeux sur le petit garçon qui se jetait dans les bras de sa mère. Du premier regard, il constata que c'était un des plus beaux enfants qu'il eût jamais vus : grand pour son âge, robuste et souple, il avait un joli visage à l'expression franche et décidée et tenait sa tête très droite. Sa ressemblance avec son père était saisissante ; il avait les cheveux blonds du capitaine Errol et les yeux bruns de sa mère, mais aucune tristesse, aucune timidité ne se lisaient dans son regard confiant et assuré. Ce petit garçon donnait l'impression de n'avoir peur de rien.

« Je n'ai jamais vu petit bonhomme si joli et se présentant aussi bien », pensa M. Havisham.

Mais il se contenta de dire tout haut :

— Ainsi, voilà donc le petit lord Fauntleroy !

Par la suite, plus il vit le petit lord Fauntleroy, et plus celui-ci fut pour lui un sujet de surprise. M. Havisham avait très peu l'expérience des enfants, bien qu'il en connût beaucoup en Angleterre — petites filles et petits garçons frais et roses, élevés avec grand soin par leurs précepteurs ou leurs institutrices et qui se montraient tantôt trop timides et tantôt trop bruyants, mais dont aucun n'intéressait beaucoup le cérémonieux et rigide homme de loi. Peut-être était-ce l'intérêt qu'il portait à la destinée du petit lord Fauntleroy qui le poussait à observer Ceddie de plus près ; mais quelle qu'en fût la raison, il est certain que le petit garçon éveillait particulièrement son attention et sa curiosité.

Cédric, ne se doutant pas qu'il était l'objet d'un tel examen, garda tout son naturel. Il serra la main que M. Havisham lui tendait et répondit à toutes ses questions avec la même spontanéité que s'il avait répondu à M. Hobbs. Il n'était ni timide ni hardi, et M. Havisham remarqua que quand il causait lui-même avec Mme Errol, le petit garçon suivait la conversation avec autant d'intérêt qu'une grande personne.

— Il a l'air d'un petit homme très réfléchi, dit M. Havisham à la mère.

— A certains points de vue, oui, répondit-elle. Il a toujours montré beaucoup de facilité pour apprendre, et, comme il a vécu surtout avec des personnes plus âgées que lui, il a une manière amusante de se servir de longs mots ou d'expressions compliquées qu'il trouve dans les livres ou recueille dans la conversation. Mais il aime beaucoup aussi à s'amuser. Je le crois bien doué sous le rapport de l'intelligence, mais cela ne l'empêche pas d'être aussi un petit garçon très joueur.

Lorsque M. Havisham revint la fois suivante, il put constater que ce dernier point était exact. Comme sa voiture tournait le coin de la rue, il aperçut un groupe de petits garçons qui semblaient très excités. Deux d'entre eux allaient se mesurer à la course, et l'un des jeunes champions, celui qui portait des chaussettes rouges, n'était autre que le jeune lord Fauntleroy qui criait et s'agitait autant que le plus bruyant de ses camarades. Il était placé à côté de son concurrent, la jambe droite en avant.

— Un... préparez-vous ! rugit l'arbitre. Deux... attention ! Trois... allez-y !...

M. Havisham se pencha avec intérêt en dehors de la portière. Il ne se rappelait pas avoir rien vu de comparable au spectacle offert par le petit lord s'élançant en avant et dévorant le terrain de toute la vitesse de ses petites jambes, les poings serrés, la tête droite, le visage tendu.

— Hardi, Ced Errol !... criaient tous les gamins, hurlant et trépignant. Hardi, Billy Williams !... Hardi, Ceddie !... Hardi, Billy !...

« Je crois vraiment qu'il va gagner », se dit M. Havisham.

La rapidité avec laquelle les petites jambes rouges s'agitaient, les cris des gamins et les efforts désespérés des jambes brunes de Billy Williams (qui n'étaient pas à dédaigner non plus, car elles serraient de près les jambes rouges) l'excitaient lui-même quelque peu.

« Vraiment, je souhaite... oui, vraiment, je ne peux pas m'empêcher de souhaiter qu'il gagne ! » se disait-il avec une petite toux d'excuse.

A cet instant, un hurlement plus sauvage que les précédents retentit dans le groupe des gamins trépignants : d'une dernière enjambée, le futur comte de Dorincourt avait atteint le réverbère au bout du pâté de maisons, juste deux secondes avant que Billy Williams ne vînt lui-même s'aplatir dessus, hors d'haleine.

— Un ban pour Ceddie Errol ! clamaient les petits garçons. Hourra pour Ceddie Errol !

M. Havisham rentra la tête à l'intérieur de la voiture en souriant légèrement.

— Bravo, lord Fauntleroy ! dit-il.

Comme sa voiture s'arrêtait devant la maison de Mme Errol, il aperçut vainqueur et vaincu revenant ensemble, suivis par le groupe vociférant. Cédric parlait avec Billy Williams. Son petit visage excité était très rouge, ses boucles se collaient sur son front moite et il tenait ses mains enfoncées dans ses poches.

— Vois-tu, disait-il avec l'intention évidente d'adoucir à son rival l'amertume de la défaite, je crois que c'est parce que mes jambes sont un peu plus grandes que les tiennes. C'est certainement pour cela. Et puis, j'ai trois jours de plus que toi, ce qui me donne encore un avantage.

Cette façon d'envisager les choses parut ragaillardir Billy Williams au point qu'il se remit à sourire et prit un air presque aussi avantageux que s'il avait gagné la course au lieu de la perdre. Cédric Errol savait à merveille réconforter les gens ; dans l'enivrement de la victoire, il n'oubliait pas que le perdant ne devait pas se sentir aussi joyeux que le gagnant et qu'il trouverait un certain plaisir à se figurer que, dans d'autres conditions, il aurait pu être lui-même le vainqueur.

Ce matin-là, M. Havisham eut avec le jeune champion une conversation au cours de laquelle il trouva plusieurs fois l'occasion de sourire et de se frotter le menton avec sa main osseuse.

Mme Errol ayant été appelée hors du petit salon, M. Havisham et Cédric demeurèrent seuls tous les deux. Tout d'abord M. Havisham se demanda ce qu'il allait dire à son petit compagnon. Sans doute serait-il bon de préparer Cédric à la rencontre avec son grand-père et aussi au grand changement qui allait se produire dans sa vie. L'avoué se rendait compte que Cédric n'avait pas la moindre idée de ce qu'il allait trouver en Angleterre, ni du genre d'existence qui l'attendait là-bas ; il ignorait également que sa mère ne devait pas habiter la même maison que lui. Sa mère et M. Havisham avaient jugé préférable de ne l'en informer qu'un peu plus tard.

M. Havisham et Cédric étaient assis dans de vastes fauteuils, de chaque côté de la fenêtre ouverte. La tête appuyée au dossier capitonné, les jambes croisées et les mains enfoncées très loin dans ses poches à la façon de M. Hobbs, Cédric considérait M. Havisham. Il l'avait observé avec beaucoup d'attention tant que sa maman était restée dans la pièce, et il continuait maintenant à le regarder avec une expression de respectueux intérêt. Après le départ de Mme Errol, il y eut un bref silence pendant lequel l'avoué et le petit garçon parurent s'étudier mutuellement. M. Havisham se demandait de quelle façon un vieux monsieur pouvait parler à un petit garçon en culotte courte et en chaussettes rouges, dont les jambes n'étaient pas assez longues pour pendre hors d'un grand fauteuil lorsqu'il était assis tout au fond.

Mais Cédric le soulagea en prenant soudain la parole.

— Savez-vous, dit-il, que je ne sais pas ce que c'est qu'un comte ?

— Vraiment ? dit M. Havisham.

— Non, répondit Ceddie, et je pense que lorsque quelqu'un doit devenir comte un jour, il faut qu'il sache ce que c'est. Ne trouvez-vous pas ?

— Mon Dieu... oui, répondit M. Havisham.

— Cela ne vous ferait rien de me l'expliquer ? demanda Ceddie avec déférence. Qu'est-ce qui fait qu'on est comte ?

— A l'origine, dit M. Havisham, le titre de comte est octroyé par un roi ou une reine pour reconnaître des services rendus au souverain ou récompenser une action d'éclat.

— Oh ! dit Cédric, c'est comme pour le Président.

— Vraiment ? fit M. Havisham. C'est pour cela que votre Président est élu ?

— Oui, répondit Cédric avec candeur. Quand un homme est très bon et très savant, on le nomme Président. Il y a des retraites aux flambeaux, des fanfares, et tout le monde fait des discours. Je pensais que je pourrais peut-être devenir Président, mais il ne m'était jamais venu à l'idée que je pourrais être comte. Il est vrai que je n'avais jamais entendu parler des comtes, se hâta-t-il d'ajouter, dans la crainte que cette indifférence pût sembler impolie.

— Ce n'est pas du tout la même chose d'être comte ou d'être Président, observa M. Havisham.

— Vraiment ? dit Cédric. Quelle est la différence ? Il n'y a pas de retraites aux flambeaux ?

M. Havisham se croisa les jambes et ajusta soigneusement le bout des doigts de la main droite sur le bout des doigts de la main gauche.

— Un comte est un personnage... très important, commença-t-il.

— Le Président aussi, interrompit Cédric. Les retraites aux flambeaux ont presque deux lieues de long, on joue de la musique et on lance des fusées. M. Hobbs m'a emmené voir tout cela.

— Un comte, reprit M. Havisham, est souvent de très ancien lignage.

— Qu'est-ce que c'est que ça ? demanda Cédric.

— C'est descendre d'une famille très ancienne... très vieille.

— Ah ! fit Cédric, enfonçant plus profondément ses mains dans ses poches ; c'est comme la marchande de pommes près du parc. On peut dire qu'elle est de très ancien lignage. Elle est si vieille qu'on se demande comment elle peut tenir debout. Elle a plus de cent ans, j'en suis sûr. Et cependant elle est dehors par tous les temps. Cela me fait de la peine pour elle quand il pleut, et aussi aux autres garçons. A un moment, Billy Williams avait près d'un dollar et je lui ai demandé d'acheter pour cinq sous de pommes tous les jours jusqu'à ce qu'il ait tout dépensé. Cela aurait duré vingt jours. Malheureusement il s'est dégoûté des pommes au bout de huit jours ; mais alors — c'était une chance — un monsieur m'a donné un demi-dollar, et j'ai pu acheter des pommes à la place de Billy. Ça fait de la peine de voir quelqu'un de si pauvre et de si ancien lignage. Elle dit qu'elle sent le sien dans ses os, et qu'avec la pluie c'est encore pire.

Tout en regardant le petit visage plein de gravité de son compagnon, M. Havisham se sentait légèrement embarrassé.

— Je crains que vous ne me compreniez pas bien, expliqua-t-il. Quand je parlais d' « ancien lignage », je ne voulais pas dire « grand âge ». Je voulais dire que le nom de cette famille était connu depuis longtemps. Durant des centaines d'années, peut-être, des personnes portant ce nom ont joué un rôle dans l'histoire de leur pays.

— C'est comme George Washington, dit Ceddie. J'entends parler de lui depuis ma naissance, et il était connu depuis longtemps déjà. M. Hobbs dit qu'on ne l'oubliera jamais. C'est à cause de la Déclaration d'Indépendance et du Quatre Juillet, vous savez. C'était un homme très brave.

— Le premier comte de Dorincourt a été créé comte

il y a quatre cents ans, dit M. Havisham d'un ton solennel.

— Oh ! oh ! fit Cédric, cela fait joliment longtemps ! Il faudra dire cela à Chérie ; cela l'intéressera beaucoup. Et une fois qu'il est créé, qu'est-ce que fait un comte ?

— Beaucoup d'entre eux ont aidé à gouverner l'Angleterre. Certains étaient très braves et se sont distingués jadis sur les champs de bataille.

— Cela me plairait aussi, remarqua Cédric. Mon papa était soldat, et il était très brave — aussi brave que George Washington. C'est peut-être parce qu'il était le fils d'un comte. Je suis content d'apprendre que les comtes sont braves. C'est un grand avantage d'être brave. Autrefois, j'étais assez peureux dans l'obscurité ; mais je me suis mis à penser aux soldats de la Révolution et à George Washington, et cela m'a guéri.

— Il y a parfois un autre avantage à être comte, dit lentement M. Havisham. (Et il fixa ses yeux pénétrants

sur le petit garçon avec une expression particulière.)
Certains comtes ont beaucoup d'argent.

Il était curieux de savoir si son jeune ami connaissait
le pouvoir de l'argent.

— C'est joliment agréable, dit ingénument Ceddie.
J'aimerais bien avoir beaucoup d'argent.

— Vraiment ? dit M. Havisham. Et pourquoi ?

— Eh bien ! dit Cédric, il y a beaucoup de choses
qu'on peut faire avec de l'argent. Tenez, par exemple, la

marchande de pommes ; si j'étais très riche, je lui achèterais une petite tente pour abriter son étalage, et un petit poêle, et je lui donnerais un dollar tous les jours où il pleuvrait, de façon qu'elle puisse rester chez elle. Et puis... oh ! je lui donnerais un châle. Alors, vous comprenez, ses os ne lui feraient plus aussi mal. Ses os ne sont pas comme les nôtres ; ils lui font mal quand elle bouge. C'est très pénible. Si j'étais assez riche pour faire tout cela pour elle, je pense que ses os iraient mieux.

— Hem ! fit M. Havisham. Et qu'est-ce que vous feriez encore, si vous étiez riche ?

— Oh ! des quantités de choses. Naturellement, je ferais à Chérie toutes sortes de jolis cadeaux : des porte-aiguilles, des éventails, des dés en or, des bagues, une encyclopédie et une voiture, de façon qu'elle n'ait plus à attendre l'omnibus. Si elle aimait les robes de soie rose, je lui en achèterais bien, mais elle préfère les noires. Je la conduirais dans les grands magasins et je lui dirais de regarder et de choisir elle-même. Et puis, Dick...

— Qui est Dick ? demanda M. Havisham.

— Dick est un cireur de bottes, dit le jeune lord qui s'animait de plus en plus en échafaudant des projets si passionnants. C'est le plus gentil cireur de bottes qu'on puisse voir. Il se tient à un coin de rue, dans un quartier du centre. Je le connais depuis des années. Une fois, quand j'étais très petit, je me promenais avec Chérie, et elle m'avait acheté une superbe balle qui rebondissait très haut. A un moment, elle m'échappe des mains et va rouler sur la chaussée au milieu des voitures et des chevaux. J'étais si désolé que je me suis mis à pleurer — j'étais vraiment très petit, j'avais peut-être trois ans. Dick était en train de cirer les chaussures d'un monsieur. Il a crié « Holà ! », a couru entre les chevaux, a ramassé ma balle, l'a essuyée avec sa veste et me l'a donnée en disant : « Y a pas d'casse, jeune homme ! » Chérie a trouvé ça très gentil, et moi aussi ; et depuis, quand nous nous promenons de ce côté-là, nous allons lui dire bonjour. Il me dit : « Comment va ? » Je lui réponds :

« Très bien », et nous faisons un bout de causette. Il me raconte comment vont les affaires. Ça ne marchait guère, dernièrement.

— Et qu'est-ce que vous voudriez faire pour lui ? demanda l'avoué en se frottant le menton avec un sourire singulier.

— Eh bien ! dit lord Fauntleroy en se carrant dans son fauteuil avec un air d'homme d'affaires, je rachèterais la part de Jake.

— Qui est Jake ? demanda M. Havisham.

— L'associé de Dick ; et, à ce que raconte Dick, c'est bien le plus mauvais associé qu'un homme puisse avoir ! Il ne fait pas honneur à l'affaire. Il n'est pas honnête. Il tâche de rouler le client, et c'est ce qui fait tant enrager Dick. Cela vous ferait enrager, vous aussi, si vous ciriez des chaussures le mieux que vous pouvez en vous montrant honnête et loyal en affaires, et que votre associé fasse tout le contraire. Les gens aiment Dick, mais ils n'aiment pas Jake, et, pour cette raison, ils ne reviennent pas toujours. C'est pourquoi, si j'étais riche, je rachèterais la part de Jake et je procurerais à Dick une belle enseigne. Il dit qu'une belle enseigne, il n'y a rien de tel pour attirer la clientèle. Je lui donnerais aussi des brosses et des vêtements neufs, pour l'aider à se lancer. Tout ce qu'il demande, dit-il, c'est de pouvoir se lancer.

Il n'y avait rien de plus confiant et de plus ingénu que la façon dont le jeune lord racontait sa petite histoire et citait avec candeur les échantillons d'argot de son ami Dick. Il ne semblait pas douter un instant que son respectable interlocuteur ne fût aussi intéressé que lui-même par ce qu'il lui racontait. En fait, M. Havisham commençait à paraître vivement intéressé, mais ce n'était peut-être pas tant par Dick et la marchande de pommes que par le charmant petit lord, dont le cerveau travaillait si activement à former des plans en faveur de ses amis, et qui semblait s'oublier si complètement lui-même.

— Y a-t-il quelque chose ?... commença-t-il. Qu'est-ce que vous aimeriez acheter pour vous, si vous étiez riche ?

— Des tas de choses, répondit vivement lord Fauntle-roy. Mais d'abord, je donnerais un peu d'argent à Mary pour Brigitte ; Brigitte, c'est sa sœur, qui a douze enfants et un mari sans travail. Elle vient ici et pleure ; alors Chérie lui donne des choses dans un panier, et elle se remet à pleurer en disant : « Que Dieu vous bénisse, ma jolie dame ! » Et je pense aussi que M. Hobbs aimerait avoir une montre et une chaîne en or en souvenir de moi, et aussi une pipe en écume. Et puis, j'aimerais à lever une troupe.

— Une troupe... pour quoi faire ? s'exclama M. Havi-sham.

— Pour faire comme à la fête nationale, expliqua Cédric qui s'animait de plus en plus. J'aurais des torches, des uniformes, des insignes pour moi et tous mes cama-rades. Et nous ferions des marches, des exercices, des reconnaissances... Voilà ce qui me plairait, si j'étais riche.

La porte s'ouvrit et Mme Errol entra.

— Je regrette d'avoir été obligée de vous laisser si longtemps, dit-elle à M. Havisham. Mais une pauvre femme qui a beaucoup de soucis est venue me voir.

— Ce jeune homme, dit M. Havisham, vient de me parler de quelques-uns de ses amis et de ce qu'il vou-drait faire pour eux s'il était riche.

— Brigitte compte parmi ses amis, dit Mme Errol, et c'est avec Brigitte que je causais dans la cuisine. Elle est dans une situation très pénible en ce moment, parce que son mari souffre de rhumatismes articulaires.

Cédric se laissa glisser de son grand fauteuil.

— Je vais aller lui dire bonjour, dit-il, et lui deman-der comment va son mari. Il est très gentil, son mari. Je l'aime bien parce qu'il m'a taillé un jour une épée dans un morceau de bois. Il est joliment adroit !

Il se précipita hors de la pièce, et M. Havisham se leva de son siège. Il semblait réfléchir. Après un moment d'hésitation, il dit en regardant Mme Errol :

— Avant de quitter Dorincourt, j'ai eu avec le comte un entretien dans lequel celui-ci m'a donné des instruc-tions. Il désire vivement que son petit-fils envisage avec plaisir la perspective d'aller vivre en Angleterre et de faire la connaissance de son grand-père. Il tient à ce que je fasse savoir à lord Fauntleroy que ce changement d'existence va lui apporter, avec la fortune, tout ce que les enfants apprécient. Si votre fils exprime quelque souhait, je dois le satisfaire et lui dire que c'est son grand-père qui lui donne ce qu'il désire. J'ose dire que le comte n'avait pas songé à un souhait de ce genre, mais si cela peut rendre lord Fauntleroy heureux de venir en aide à cette pauvre femme, je suis certain que le comte serait fâché qu'on ne lui en donnât point la possibilité.

Pour la seconde fois il ne jugea pas utile de répéter les paroles mêmes de lord Dorincourt. Celui-ci avait dit : « Faites comprendre au petit que je puis lui donner tout ce qu'il veut. Représentez-lui ce que c'est que d'être le petit-fils du comte de Dorincourt. Achetez-lui tout ce dont il a envie, qu'il ait de l'argent dans ses poches, et dites-lui que c'est son grand-père qui l'y a mis. »

Les motifs de la générosité du comte étaient loin d'être excellents, et si l'on n'avait pas eu affaire à une nature aussi saine que celle du petit lord Fauntleroy, il aurait pu en résulter beaucoup de mal. La mère de Cédric, quant à elle, était incapable de soupçonner le mal. Elle pensa qu'un vieillard solitaire et malheureux de la perte de ses enfants souhaitait se montrer bon vis-à-vis de son petit garçon pour gagner sa confiance et son affection. Elle était contente de penser que Ceddie pourrait aider Brigitte ; elle était plus heureuse encore de penser que la première conséquence de ce coup étrange de la fortune pour son petit garçon était de lui donner la possibilité d'un acte de charité. Une vive rougeur envahit son joli visage.

— Oh ! dit-elle, c'est une grande bonté de la part de lord Dorincourt. Cédric va être si content ! Il a toujours aimé Brigitte et Michaël. Ce sont des gens très méritants. J'ai souvent regretté de ne pouvoir les aider davantage. Michaël est un excellent travailleur, quand il est en bonne santé ; mais il est malade depuis longtemps et a besoin de remèdes coûteux, de vêtements chauds et de bonne nourriture. Lui et Brigitte ne gaspilleront pas ce qu'on leur donnera.

M. Havisham enfonça la main dans la poche intérieure de son vêtement et en tira un grand portefeuille. Son fin visage avait une expression singulière. A la vérité, il se demandait ce que dirait son noble client quand il apprendrait le premier souhait qu'avait exprimé son petit-fils. Il se demandait ce que le vieux gentilhomme irritable, égoïste et attaché aux biens de ce monde en penserait.

— Je ne sais si vous vous rendez bien compte, dit-il, que le comte de Dorincourt a une très grande fortune et peut satisfaire n'importe quelle fantaisie. Je crois qu'il aimerait apprendre que tous les désirs de lord Fauntleroy ont été exaucés. Si vous voulez bien le rappeler, je vais, avec votre autorisation, lui donner cinq livres pour ses protégés.

— Cinq livres... vingt-cinq dollars! s'exclama Mme Errol. Cela va leur faire l'effet d'une fortune. Est-ce possible?

— Oui! tout à fait possible, dit M. Havisham avec son sourire contenu. Un grand changement s'est produit dans l'existence de votre fils; un grand pouvoir va se trouver entre ses mains.

— Oh! s'écria la jeune mère; et ce n'est qu'un petit garçon... un tout petit garçon! Comment pourrai-je lui apprendre à bien s'en servir? Cela me fait presque peur. Mon mignon petit Ceddie...

L'avoué toussa légèrement pour s'éclaircir la voix. Son vieux cœur un peu sec était touché par l'expression tendre et craintive des grands yeux bruns.

— A en juger par mon entretien avec lord Fauntleroy, je crois, madame, que le futur comte de Dorincourt saura penser aux autres autant qu'à lui-même. Il n'est encore qu'un enfant, mais je crois qu'on peut lui faire confiance.

Alors, Mme Errol alla chercher Cédric et le ramena dans le petit salon. M. Havisham entendit le petit garçon qui disait, avant de rentrer dans la pièce :

— C'est une très mauvaise sorte de rhumatisme :

c'est du rhumatisme *articulé*. Michaël pense tout le temps au loyer qui n'est pas payé, et Brigitte dit que ça le rend encore plus malade ; et Pat pourrait trouver une place de vendeur dans un grand magasin s'il avait seulement des vêtements propres.

Sa petite figure avait une expression soucieuse quand il entra. La peine de Brigitte l'attristait pour de bon.

— Chérie dit que vous voulez me parler, dit-il à M. Havisham. J'étais en train de causer avec Brigitte.

M. Havisham le considéra un instant. Comme l'avait dit sa mère, Cédric était un bien petit garçon.

— Le comte de Dorincourt..., commença-t-il.

Et il jeta un coup d'œil involontaire à Mme Errol.

La mère du petit lord Fauntleroy se mit soudain à genoux à côté de lui et l'entoura de ses bras.

— Cédric, dit-elle, le comte est ton grand-père, le père de ton papa. Il est très bon, il t'aime, et désire que tu l'aimes aussi, parce que les fils qui furent jadis ses petits garçons sont morts. Il souhaite que tu sois heureux et rendes les autres heureux. Il est riche et désire qu'on te donne tout ce qui te fait envie. Il l'a dit à M. Havisham et lui a remis beaucoup d'argent pour toi. Tu peux en donner une partie à Brigitte, assez pour qu'elle puisse payer son loyer et acheter à Michaël tout ce qui lui est nécessaire. Que dis-tu de cela, Ceddie ? Ton grand-père n'est-il pas très bon ?

Elle embrassa l'enfant sur sa joue ronde que la stupéfaction venait d'empourprer.

Le regard de Cédric alla de sa mère à M. Havisham.

— Puis-je avoir l'argent tout de suite ? s'écria-t-il. Puis-je le lui donner maintenant, car elle va partir ?

M. Havisham lui tendit l'argent. Cela faisait un joli petit paquet de billets de banque tout neufs.

Ceddie s'élança hors de la pièce.

— Brigitte, l'entendit-on crier comme il entrait en trombe dans la cuisine ; Brigitte, attendez un instant ! Voilà de l'argent pour payer votre loyer. Mon grand-papa me l'a donné. C'est pour vous et Michaël.

— Oh ! monsieur Ceddie, fit Brigitte d'une voix

effarée, c'est vingt-cinq dollars que vous me donnez là ! Où est la dame ?

— Je crois qu'il faut que j'aille lui donner une explication, dit Mme Errol.

Elle sortit donc de la pièce, elle aussi, et M. Havisham demeura seul un moment. Il alla jusqu'à la fenêtre et il regarda dans la rue d'un air songeur. Il se représentait le comte de Dorincourt assis dans la bibliothèque du château, pièce splendide, mais triste ; il se représentait le vieux gentilhomme goutteux et solitaire, entouré de luxe et de splendeur, mais qui n'était aimé réellement ·par personne, parce que, durant toute sa longue vie, il n'avait réellement aimé que lui-même. Il s'était montré égoïste, arrogant et emporté ; il s'était tellement soucié des propres plaisirs du comte de Dorincourt qu'il n'avait jamais eu le temps de songer aux autres ; toute sa fortune et son influence, tous les avantages découlant de son nom et de son rang élevé ne lui avaient pas semblé devoir servir à autre chose qu'à procurer des distractions et des satisfactions au comte de Dorincourt. Et maintenant que la vieillesse était venue, toute cette vie agitée et consacrée uniquement à ses plaisirs ne lui avait rapporté qu'une mauvaise santé, une humeur irascible, et un dégoût de la société qui, elle-même, ne l'aimait pas. En dépit de toute sa magnificence, il n'y avait pas de vieux gentilhomme plus impopulaire que le comte de Dorincourt, et il ne pouvait guère y en avoir de plus isolé. Certes, il lui était possible de remplir son château avec des hôtes de son choix, de donner de grandes réceptions et de splendides chasses à courre ; mais il n'ignorait pas que les gens qui auraient accepté ses invitations craignaient secrètement ses froncements de sourcils et ses paroles mordantes et sarcastiques ; car il avait la dent dure et le caractère amer, et prenait plaisir à blesser ou à mettre mal à l'aise ses interlocuteurs lorsque ceux-ci lui en fournissaient l'occasion par leur nature sensible, fière ou timide.

M. Havisham connaissait mieux que personne les façons revêches et désagréables du comte, et c'est à lui qu'il songeait en considérant par la fenêtre la rue étroite et tranquille. Puis, en vif contraste, se dressa dans son esprit l'image de l'aimable petit garçon, assis dans le grand fauteuil, qui lui racontait l'histoire de Dick et de la marchande de pommes avec tant de candeur, d'innocence et de générosité. Et M. Havisham songea aux immenses revenus, aux beaux domaines et au pouvoir de faire le bien ou le mal qui se trouveraient un jour entre les mains que le petit lord Fauntleroy enfonçait bien loin dans ses poches.

« Cela fera une grande différence, pensa-t-il, une très grande différence. »

Cédric et sa mère revinrent peu après au salon. Cédric était plein d'entrain. Il s'assit sur sa chaise entre sa mère et l'avoué et prit une de ses attitudes favorites, les mains sur les genoux. Il était radieux à la pensée de la joie et du soulagement de Brigitte.

— Figurez-vous qu'elle s'est mise à pleurer, dit-il. Elle a dit qu'elle pleurait de joie. C'est bien la première fois que je vois quelqu'un pleurer de joie. Mon grand-papa est joliment bon. Après tout, c'est plus agréable d'être un comte que je ne me l'imaginais. Je suis presque content... je suis presque tout à fait content de penser que j'en serai un plus tard.

III
Le départ

L'opinion favorable que Cédric commençait à se faire des avantages présentés par la situation de comte ne fit que se confirmer au cours de la semaine suivante. Il avait peine à se figurer qu'il pouvait maintenant faire à peu près tout ce qu'il souhaitait. Après quelques entretiens avec M. Havisham, il comprit tout au moins qu'il avait la possibilité de réaliser ses désirs les plus chers, ce qu'il entreprit aussitôt de faire, avec un entrain joyeux qui divertit fort le vieux monsieur. Pendant la semaine qui précéda le départ pour l'Angleterre, M. Havisham se vit appelé à faire des choses bien singulières. Il se rappela longtemps la matinée que Cédric et lui employèrent à aller rendre visite à Dick dans un quartier central de New York, et l'après-midi où ils stupéfièrent la marchande de pommes d'ancien lignage en s'arrêtant devant son éventaire pour lui annoncer qu'elle allait avoir une tente, un poêle, un bon châle, et une somme d'argent qui lui parut tout bonnement fantastique.

— C'est parce que je vais en Angleterre pour être un lord, expliqua doucement Cédric. Et les jours de pluie, cela me tourmenterait de penser à vos os. Les miens ne me font jamais mal, et je ne puis pas me figurer comment les vôtres vous font souffrir ; mais je vous ai toujours beaucoup plainte, et j'espère bien que vous guérirez.

— C'est une très gentille marchande de pommes, dit-il à M. Havisham tandis qu'ils se remettaient en route, laissant derrière eux la brave femme haletante et n'en croyant pas ses oreilles. Un jour que j'étais tombé et que je m'étais écorché le genou, elle m'a fait cadeau d'une pomme. Je ne l'ai jamais oublié. Naturellement, quand les gens se montrent bons pour vous, on s'en souvient toujours.

Jamais il n'était venu à l'esprit de ce petit homme à l'âme simple et droite qu'il existait des gens capables d'oublier les bienfaits reçus.

La visite à Dick fut d'un intérêt palpitant. Dick venait d'avoir maille à partir avec Jake, et il était très abattu au moment où arrivèrent ses visiteurs. Quand il entendit Cédric l'assurer d'un air paisible que tous ses ennuis allaient cesser et lui annoncer qu'on allait lui offrir ce qui était à ses yeux un cadeau magnifique, il en fut si ébaubi qu'il en perdit presque l'usage de la parole. Quant à M. Havisham, il fut très frappé par la façon simple, nette et sans recherche avec laquelle lord Fauntleroy exposa au jeune cireur de bottes l'objet de leur visite. En apprenant que son petit ami était devenu un lord et qu'il courait le danger de devenir comte dans la suite des temps, Dick ouvrit des yeux ronds et sursauta si fort que sa casquette tomba par terre. Tout en la ramassant, il fit entendre une singulière exclamation — singulière aux oreilles de M. Havisham, car Cédric l'avait déjà entendue. « Quelle bonne blague ! » s'écria-t-il, ce qui, manifestement, déconcerta un peu le jeune lord.

Mais celui-ci reprit vite son sang-froid.

— Tout le monde croit que ce n'est pas vrai, dit-il. M. Hobbs pensait même que j'avais reçu un coup de soleil. Moi-même, ça ne me disait pas grand-chose pour commencer, mais maintenant que je suis fait à cette idée, ça me dit davantage. Pour le moment, c'est mon grand-papa qui est comte, et il veut que je fasse tout ce qui me fait plaisir. Il est très bon, bien qu'il soit comte ; il m'a envoyé beaucoup d'argent par M. Havisham, et je vous en apporte une partie pour que vous vous débarrassiez de Jake en rachetant sa part.

Et la conclusion de tout cela fut que Dick racheta en effet la part de Jake et se trouva seul à la tête de l'affaire, en même temps que d'un matériel comprenant un assortiment de brosses neuves et une enseigne mirobolante. Pour l'instant il ne pouvait pas plus croire à sa bonne fortune que la marchande de pommes d'ancien lignage n'avait cru à la sienne. Il se disait que ce devait être un rêve et contemplait son jeune bienfaiteur avec le sentiment qu'il allait se réveiller d'un moment à l'autre, lorsque Cédric lui tendit la main avant de le quitter.

— Et maintenant, au revoir, dit-il. (Et bien qu'il s'efforçât de parler d'un ton assuré, sa voix tremblait un peu, et ses paupières battaient sur ses grands yeux bruns.) J'espère que les affaires marcheront bien. Je regrette de m'en aller et de vous quitter, Dick ; mais quand je serai comte, peut-être que je reviendrai. En attendant, il faudra m'écrire, parce que nous avons toujours été bons amis. Voici l'endroit où il faudra m'envoyer vos lettres. (Il lui tendit un bout de papier.) Je ne m'appelle plus Cédric Errol ; je m'appelle lord Fauntleroy, et... et maintenant, au revoir, Dick.

Les yeux de Dick aussi étaient humides. Ce n'était pas un cireur de bottes bien lettré, et il lui eût été difficile d'exprimer ce qu'il ressentait en cet instant. C'est sans doute pour cela qu'il n'essaya pas et se contenta de cligner des yeux en avalant quelque chose qui lui barrait le gosier.

— Dommage que vous partiez ! finit-il par dire d'une voix enrouée.

Ses paupières battirent de nouveau ; puis il se tourna vers M. Havisham en touchant du doigt sa casquette :

— Merci bien de votre bonté, m'sieu, et merci d'être venu avec lui. C'est un chic petit garçon, ajouta-t-il, je l'ai toujours trouvé épatant. Il a du cran et... y a pas à dire... c'est un chic petit garçon.

Quand Cédric et M. Havisham le quittèrent, il resta

un instant immobile, l'air encore tout abasourdi, et c'est avec la gorge serrée et la vue un peu brouillée qu'il suivit des yeux son petit ami qui s'éloignait d'un pas alerte aux côtés du vieux monsieur.

Jusqu'au jour du départ, le petit lord passa le plus de temps possible à l'épicerie avec M. Hobbs. La tristesse s'était emparée de M. Hobbs, et le pauvre homme était très abattu. Lorsque son jeune ami lui apporta triomphalement une montre en or et sa chaîne en guise de cadeau d'adieu, M. Hobbs éprouva quelque difficulté à bien exprimer sa reconnaissance. Il posa l'écrin sur son gros genou et se moucha bruyamment à plusieurs reprises.

— Il y a quelque chose d'écrit dessus, lui dit Cédric ; là, à l'intérieur du boîtier. J'ai dit moi-même à l'horloger ce qu'il fallait y mettre. « Souvenir de lord Fauntleroy à son vieil ami M. Hobbs. *En regardant ceci, pensez à votre ami.* » Je ne veux pas que vous m'oubliez, monsieur Hobbs.

Celui-ci se moucha de nouveau avec bruit.

— Je ne vous oublierai pas, dit-il en parlant, comme Dick, d'une voix un peu rauque. Mais n'allez pas m'oublier non plus quand vous serez au milieu de votre *arestocratie* anglaise.

— Je puis aller n'importe où, je ne vous oublierai jamais, répondit le petit lord. Cela me faisait bien plaisir de causer avec vous. J'espère que vous viendrez me voir un jour. Je suis sûr que mon grand-papa en serait enchanté. Peut-être qu'il vous écrira lui-même pour vous le demander quand je lui aurai parlé de vous. Et... dites... vous ne refuseriez pas de venir parce qu'il est comte, s'il vous invitait à me rendre visite ?

— En ce cas, j'irais certainement vous voir, répondit M. Hobbs d'un ton gracieux.

Et il parut donc entendu que si M. Hobbs recevait du comte une pressante invitation à aller passer quelques mois au château de Dorincourt, il mettrait de côté ses préventions républicaines et ferait sur-le-champ sa valise.

Le jour vint où les préparatifs de départ furent

achevés. Les malles furent transportées sur le paquebot, et l'heure arriva où la voiture qui devait emmener les voyageurs s'arrêta devant la porte. A ce moment, un étrange sentiment de mélancolie envahit l'âme du petit garçon. Sa maman s'était enfermée quelques instants dans sa chambre. Quand elle descendit l'escalier, ses yeux étaient humides et ses lèvres fines tremblaient. Cédric vint à sa rencontre ; elle se pencha sur lui et ils s'embrassèrent. Il sentait que quelque chose les rendait tristes tous les deux, sans bien savoir ce que c'était. Mais une idée lui vint à l'esprit.

— Nous aimions bien notre petite maison, dites, Chérie ? Nous l'aimerons toujours, n'est-ce pas ?

— Oui... oui, répondit-elle tout bas d'une voix douce. Oui, mon trésor.

Dans la voiture, Cédric s'assit tout contre sa mère, et tandis que celle-ci se penchait par la portière pour envoyer un dernier regard en arrière, il lui prit la main et la caressa doucement.

Puis, sans transition, sembla-t-il, tous deux se trouvèrent sur le paquebot au milieu du bruit et d'un effarant tohu-bohu. Des voitures déposaient à chaque instant des voyageurs ; des voyageurs s'agitaient parce que leurs bagages n'étaient pas encore là et risquaient d'arriver trop tard ; des malles, des caisses étaient déchargées et traînées à grand bruit sur le pont ; des marins déroulaient des cordes et s'affairaient de côté et d'autre ; des officiers criaient des ordres, tandis que des dames, des messieurs et des enfants avec leurs bonnes montaient à bord — les uns, l'air joyeux, les autres, tristes et muets, certains se tamponnant les yeux avec leur mouchoir. Cédric prenait intérêt à tout ce qui se passait : il regardait les rouleaux de cordages, les voiles serrées, les mâts si hauts, si hauts qu'ils paraissaient toucher le ciel bleu. Il faisait des plans pour nouer conversation avec les matelots afin de se faire renseigner sur les pirates et les îles désertes.

Au tout dernier moment, comme il se penchait au-dessus du bastingage du pont supérieur pour observer les manœuvres finales, s'amusant des cris et des gesticulations des marins et des ouvriers du quai, son attention fut attirée par une légère bousculade qui se produisait dans un groupe assez proche. Quelqu'un se frayait précipitamment un chemin à travers ce groupe, en se dirigeant de son côté, un jeune garçon qui tenait quelque chose de rouge à la main. C'était Dick. Il arriva, hors d'haleine, près de Cédric.

— J'ai couru tout le long du chemin, dit-il. Je voulais vous souhaiter bon voyage. Les affaires vont épatamment. Je vous ai acheté ce machin-là avec l'argent que j'ai fait hier. Vous pourrez le porter pour faire du chic chez les gens de la haute. J'ai perdu le papier au bas de l'escalier, en me faufilant au milieu des types qui voulaient m'empêcher de monter. C'est un foulard.

Il débita cela tout d'une traite, comme si c'était une seule phrase. Une cloche sonna, et avant que Cédric eût pu dire un mot, Dick partit d'un bond, en criant d'une voix haletante :

— Faut que je me cavale ! Au revoir ! n'oubliez pas de le porter là-bas.

Il traversa le pont comme une flèche et disparut.

Quelques secondes plus tard, on le vit jouer des 'coudes à travers la foule sur le pont inférieur et se précipiter hors du bateau, juste avant qu'on enlevât la passerelle. Arrivé sur le quai, il se retourna et agita sa casquette. Cédric tenait le foulard dans sa main, un foulard de soie écarlate orné de fers à cheval violet vif.

Alors une grande agitation régna sur le bateau qui fit entendre des craquements et des gémissements, tandis que les gens restés sur le quai criaient des adieux auxquels les passagers répondaient du paquebot :

— Au revoir ! au revoir ! au revoir !

Ils semblaient crier tous :

— Ne nous oubliez pas ! Ecrivez-nous quand vous arriverez à Liverpool ! Au revoir ! au revoir !

Le petit lord Fauntleroy se pencha en avant et agita le foulard rouge.

— Au revoir, Dick, cria-t-il de toutes ses forces. Merci beaucoup ! Au revoir, Dick !

Alors, le gros vapeur se détacha du bord, et les clameurs redoublèrent. La foule s'agita sur le quai, Mme Errol ramena son voile sur ses yeux. Mais Dick ne voyait rien qu'un clair visage d'enfant et une chevelure blonde qui brillait au soleil, et il n'entendait que la voix enfantine qui criait « Au revoir, Dick ! », tandis que le paquebot s'éloignait lentement, emmenant le petit lord Fauntleroy loin du lieu de sa naissance, vers la terre inconnue de ses ancêtres.

IV
En Angleterre

Ce fut durant la traversée que la mère de Cédric lui apprit qu'elle n'habiterait pas la même maison que lui, et cette nouvelle lui causa un tel chagrin que M. Havisham sentit combien le comte avait eu raison de prendre des dispositions pour que la mère demeurât tout près de son fils et pût le voir souvent. Il était évident que dans d'autres conditions l'enfant n'aurait pu supporter la séparation. Mais sa mère s'y prit si doucement, si tendrement pour le lui dire, et lui donna le sentiment qu'elle serait si près de lui, qu'au bout de peu de temps Cédric cessa d'être tourmenté par la crainte d'une véritable séparation.

— La maison que j'occuperai n'est pas loin du château, Ceddie, répétait-elle chaque fois que ce sujet était abordé. Elle en est à une toute petite distance ; tu pourras venir me voir tous les jours ; tu auras beaucoup de choses à me raconter et nous serons si heureux de nous retrouver ! C'est une très belle demeure que celle où tu habiteras. Ton papa m'en a souvent parlé. Il l'aimait beaucoup, et toi aussi, tu l'aimeras.

— Je l'aimerais encore plus si vous y habitiez aussi, répondait le jeune lord avec un gros soupir.

Il ne pouvait s'empêcher d'être dérouté par un état de choses aussi singulier, qui faisait habiter Chérie dans une maison et lui dans une autre.

Mme Errol avait jugé préférable de ne pas lui apprendre les motifs de cet arrangement.

— J'aime mieux ne pas lui en parler, avait-elle dit

à M. Havisham. Il ne comprendrait pas bien, et cela ne ferait que le surprendre et le contrister. Je crois qu'il s'attachera plus facilement à son grand-père s'il ignore que le comte a pour moi une telle aversion. Il ne sait pas ce que c'est que la dureté ou la haine, et ce serait pour lui une grande secousse de s'apercevoir que quelqu'un peut me détester. Il vaut mieux qu'on ne lui en parle pas avant qu'il ne soit plus grand, et c'est préférable aussi pour le comte, car cela créerait entre eux une barrière, en dépit du jeune âge de Ceddie.

Aussi Cédric apprit-il simplement qu'une raison mystérieuse — qu'il était trop petit pour comprendre — rendait cet arrangement nécessaire, et qu'on la lui expliquerait quand il serait plus âgé. Il fut très intrigué ; mais somme toute, c'était moins la raison que le fait qui lui importait. Après plusieurs conversations avec sa mère, dans lesquelles celle-ci s'attacha à le réconforter en lui montrant les beaux côtés du tableau, les ombres peu à peu s'atténuèrent, bien que M. Havisham surprît de temps en temps le petit lord en train de regarder la mer d'un air songeur et que plus d'une fois il entendit un gros soupir s'échapper de ses lèvres.

— Cela me déplaît beaucoup, dit-il un jour pendant un des graves entretiens qu'il avait avec l'avoué. Vous ne pouvez savoir à quel point cela me déplaît. Mais il y a beaucoup de choses désagréables dans l'existence, et il faut les supporter. C'est Mary qui dit cela ; et j'ai entendu M. Hobbs dire la même chose. Et Chérie souhaite que je me plaise auprès de mon grand-papa parce que tous ses enfants sont morts, ce qui est très triste. Comme il est à plaindre, celui qui a perdu tous ses enfants, surtout si l'un d'eux s'est tué dans un accident !

Une des choses qui enchantaient toujours les personnes qui faisaient la connaissance du jeune lord, c'était le petit air sagace qu'il prenait parfois lorsqu'il suivait attentivement une conversation. Cet air, les observations de grande personne qu'il lui arrivait de faire et l'expression de gravité ingénue de sa ronde figure enfantine étaient irrésistibles. Ce joli petit homme, frais et bouclé, amusait beaucoup ses interlocuteurs lorsqu'il s'installait pour converser gravement, son genou serré entre ses mains jointes. M. Havisham trouvait de plus en plus de plaisir à causer avec lui.

— Ainsi, vous allez vous efforcer d'aimer le comte ? lui dit-il.

— Oui, répondit le petit lord. Il est de ma famille, et on aime toujours sa famille. Et puis, il a été très gentil avec moi. Lorsque quelqu'un se montre si gentil et désire que vous ayez tout ce que vous souhaitez, on est bien obligé de l'aimer, même s'il n'est pas de votre famille. Mais quand c'est votre grand-père qui fait tout cela, on l'aime encore davantage.

— Pensez-vous, suggéra M. Havisham, qu'il vous aimera, lui aussi ?

— Oh ! dit Cédric, je crois que oui ; parce que, voyez-vous, moi aussi je suis de sa famille, et je suis le petit garçon de son fils. D'ailleurs, il doit déjà m'aimer, sans quoi il ne chercherait pas à me faire plaisir, et il ne vous aurait pas envoyé me chercher.

— En effet, remarqua l'avoué.

— Oui, dit Cédric ; est-ce que vous n'êtes pas de mon avis ? Il est naturel qu'un grand-père aime son petit-fils.

Les passagers, qui venaient sur le pont s'asseoir dans leurs fauteuils de toile, paraissaient tous connaître la romanesque histoire du petit lord Fauntleroy et s'intéressaient tous au petit garçon qu'ils voyaient courir et s'amuser de côté et d'autre, se promener posément avec sa mère et le vieux monsieur long et maigre, ou faire la conversation avec les matelots. Tout le monde l'aimait ; partout il se faisait des amis. Quand les messieurs prenaient Cédric avec eux pour arpenter le pont de long en large, il marchait d'un petit pas ferme et viril et répondait joyeusement à leurs plaisanteries ; quand les dames s'entretenaient avec lui, on entendait toujours des éclats de rire dans le groupe dont il était le centre ; quand il s'amusait avec les enfants, les jeux redoublaient d'entrain. Mais c'est parmi les matelots qu'il comptait ses plus chauds amis ; ceux-ci lui racontaient de prodigieuses histoires de pirates, de naufrages et d'îles désertes ; ils lui apprenaient à épisser les cordages, à gréer des bateaux-joujoux et lui donnaient les informations les plus détaillées sur la hune de misaine et la grand'voile. La conversation de Cédric y gagnait une saveur nautique des plus pittoresques, et il souleva un jour des éclats de rire dans un groupe de dames et de messieurs assis tout emmitouflés sur le pont, en disant de l'air le plus naturel du monde :

— Mille sabords ! On est glacé jusqu'aux os !

Il fut surpris de les voir rire ; il avait glané cette expression marine dans le vocabulaire d'un vieux loup de mer du nom de Jerry, qui lui racontait des histoires dans lesquelles revenait fréquemment la susdite exclamation. A en juger par le récit de ses propres aventures, Jerry avait entrepris quelque deux ou trois mille voyages, et avait fait chaque fois naufrage sur une île surpeuplée de cannibales. A en juger aussi par ces mêmes aventures émouvantes, il avait été partiellement rôti et mangé à plusieurs reprises, et scalpé pour le moins une douzaine de fois.

— Voilà pourquoi il est si chauve, expliquait lord Fauntleroy à sa mère. Quand on a été scalpé plusieurs fois, les cheveux ne repoussent plus. Ceux de Jerry n'ont plus repoussé depuis le jour où le roi des Manitoupolos l'a scalpé en se servant d'un couteau fait avec le crâne du chef des Matuvus. Il dit qu'il a passé là le plus vilain quart d'heure de son existence. Il avait si peur quand le roi brandit son couteau que ses cheveux se sont dressés tout droits sur sa tête et qu'il fut ensuite impossible de les aplatir, de sorte que le roi porte maintenant la chevelure de Jerry hérissée comme une brosse à dents. Jamais je n'ai entendu d'histoires aussi extraordinaires que celles qui sont arrivées à Jerry. Comme j'aimerais pouvoir les raconter à M. Hobbs !

Les jours de mauvais temps où l'on était obligé de rester au salon, des dames et des messieurs de ses

amis demandaient à Cédric de leur redire quelques aventures de Jerry, et quand, installé au milieu d'eux, il leur en faisait le récit avec autant de plaisir que d'ardeur, on aurait pu chercher sur tous les paquebots traversant l'Atlantique un passager jouissant de plus de sympathie et de plus de popularité que le petit lord Fauntleroy. Avec bonne grâce et simplicité, il était toujours prêt à faire son possible pour aider au divertissement général ; et l'ignorance même où il était de l'importance de son petit personnage était encore un charme de plus.

— Les histoires de Jerry intéressent tout le monde, disait-il à sa maman. Pour ma part, si elles n'étaient pas arrivées à Jerry lui-même, je me demanderais si certaines sont tout à fait vraies ; mais comme elles sont toutes arrivées à Jerry... Pourtant il y a des choses bien étranges, voyez-vous. Sans doute il lui arrive de temps en temps de ne plus se souvenir très bien et de confondre ensemble plusieurs histoires. Cela n'est pas étonnant qu'on perde la mémoire quand on a été scalpé si souvent !

Il y avait onze jours qu'il avait dit adieu à son ami Dick quand il arriva à Liverpool, et c'est le soir du douzième jour que la voiture qui l'avait pris à la gare, ainsi que sa mère et M. Havisham, s'arrêta devant l'entrée du pavillon de Court Lodge. On distinguait mal la maison dans l'obscurité. Cédric vit seulement qu'il y avait une allée carrossable sous de grands arbres en berceau ; et quand la voiture eut suivi un court instant cette allée, il vit une porte ouverte et un rayon de lumière qui s'en échappait. La fidèle Mary, qui les avait accompagnés, était arrivée avant eux à Court Lodge. Quand Cédric sauta hors de la voiture, il aperçut deux servantes qui attendaient leur arrivée dans le vaste et lumineux vestibule, et Mary prête à les accueillir devant la porte ouverte.

Lord Fauntleroy bondit vers elle en poussant une exclamation joyeuse.

— Ah ! vous êtes bien arrivée, Mary ? dit-il. Chérie, Mary est là !

Et il embrassa la joue rouge et rugueuse de la domestique.

— Je suis contente de vous trouver ici, Mary, dit Mme Errol à voix basse. Cela me fait du bien de vous voir ; je me sens moins dépaysée.

Et elle tendit sa petite main que Mary serra avec chaleur. Elle se rendait compte de ce que ressentait cette jeune mère qui venait de quitter son pays et allait céder à d'autres son enfant.

Les domestiques anglaises considéraient le petit garçon et sa mère avec curiosité. Elles avaient entendu toutes sortes de rumeurs à leur sujet ; elles savaient combien le comte avait été mécontent du mariage de son fils et pourquoi Mme Errol devait habiter au Pavillon et son fils au château. Elles savaient de quelle immense fortune l'enfant devait hériter, et ne connaissaient que trop bien l'irascible grand-père, ses attaques de goutte et ses accès de fureur.

« Il n'aura pas la vie trop gaie, le pauvre petit ! » s'étaient-elles dit entre elles. Mais elles ne savaient rien de la personne du petit lord qui allait arriver et ignoraient tout de son caractère.

Le futur comte de Dorincourt retira son manteau comme quelqu'un habitué à se servir tout seul et se mit à regarder autour de lui. Il considéra le vestibule spacieux avec les tableaux, les bois de cerf et toutes les choses curieuses qui l'ornaient. Il les trouvait curieuses, parce qu'il n'en avait jamais vu de pareilles jusqu'alors dans une demeure privée.

— C'est une très jolie maison, n'est-ce pas, Chérie ? dit-il. Je suis content que vous habitiez ici. C'est une très grande maison.

C'était une grande maison, en effet, comparée à celle où il avait vécu dans la modeste rue de New York, et l'aspect de l'intérieur en était joli et engageant. Mary les conduisit au premier étage, dans une chambre à coucher tendue de perse aux teintes claires ; un bon feu y brûlait, et une grosse chatte persane d'un blanc de neige dormait avec abandon sur le devant du foyer.

— C'est la gouvernante du château qui l'a envoyée pour vous, madame, expliqua Mary. C'est une bonne personne, bien convenable, qui a pris soin de faire tout préparer ici. Je l'ai vue un instant ; elle m'a dit qu'elle aimait bien le capitaine, madame, et qu'elle le regrette bien. Elle a dit comme ça que la grosse chatte qui dort sur le tapis vous ferait une compagnie. Cette dame a connu le capitaine Errol quand il était enfant, et c'était un beau petit garçon, à ce qu'elle dit ; et ensuite un beau jeune homme qui avait toujours un mot agréable pour chacun, petit ou grand. Alors je lui ai dit : « Eh bien ! ma bonne dame, le capitaine, il a laissé un fils qui est tout comme lui. On pourrait chercher loin pour trouver un plus gentil petit garçon. »

Quand les voyageurs furent prêts, ils descendirent dans une grande pièce joyeusement éclairée, avec un plafond bas et un mobilier massif, magnifiquement sculpté ; les sièges profonds avaient de hauts dossiers et les buffets et les étagères étaient garnis d'objets jolis et curieux. Une grande peau de tigre était étendue devant le feu, et il y avait un fauteuil de chaque côté. La majestueuse chatte blanche s'était prêtée aux caresses de lord Fauntleroy et l'avait suivi au rez-de-chaussée. Quand il s'allongea par terre devant le feu, elle se roula noblement en boule sur le tapis, comme si elle voulait faire plus ample connaissance avec lui. Cédric était si content qu'il posa sa tête tout près de celle de la chatte et resta ainsi étendu à la caresser sans prêter attention à ce que disaient sa mère et M. Havisham.

Ils parlaient d'ailleurs à voix basse. Mme Errol, un peu pâle, avait l'air tout ému.

— Il n'est pas obligé d'y aller ce soir ? demandait-elle. Il restera près de moi encore cette nuit ?

— Oui, répondit M. Havisham du même ton contenu. Ce n'est pas nécessaire qu'il y aille ce soir. Je me rendrai moi-même au château dès que nous aurons dîné, et j'informerai le comte de notre arrivée.

Mme Errol tourna son regard vers Cédric. Il était couché dans une pose gracieuse et nonchalante sur la

fourrure tigrée ; le feu éclairait et rougissait la jolie petite figure et les cheveux bouclés. Heureuse et somnolente, la grosse chatte ronronnait ; elle aimait le contact caressant de la douce petite main sur sa fourrure.

Mme Errol sourit faiblement.

— Le comte ne sait pas tout ce qu'il me prend, dit-elle avec tristesse.

Puis elle regarda l'avoué.

— Voudrez-vous lui dire, je vous prie, poursuivit-elle, que je préfère ne pas recevoir cet argent ?

— Cet argent ! s'exclama M. Havisham. Vous ne voulez pas dire la rente qu'il se proposait de vous faire ?

— Si, répondit-elle avec simplicité. Je crois que j'aime mieux ne pas l'accepter. Je suis obligée d'accepter la maison, et j'en remercie lord Dorincourt, car cela me donne la possibilité d'être près de mon fils. Mais j'ai un peu d'argent à moi — assez pour mener une vie simple — et j'aimerais mieux ne pas en recevoir d'autre. Etant donné l'aversion que le comte a pour moi, j'aurais un peu l'impression de lui vendre Cédric. Si je lui cède, c'est uniquement parce que mon amour pour mon fils me conseille de m'oublier pour son bien, et parce que son père eût souhaité qu'il en fût ainsi.

M. Havisham se frotta le menton.

— Votre détermination est étrange, dit-il. Lord Dorincourt sera fort mécontent. Il ne comprendra pas cette manière de voir.

— Je pense qu'à la réflexion il comprendra, dit-elle. Je n'ai pas vraiment besoin de cet argent pour le nécessaire ; et pourquoi accepterais-je du superflu de la part de l'homme qui me déteste au point de me prendre mon petit garçon... l'enfant de son fils ?

M. Havisham réfléchit quelques instants.

— Je transmettrai votre message, finit-il par dire.

On servit alors le dîner, et ils se mirent à table. La grosse chatte, installée sur la chaise voisine de celle de Cédric, ronronna d'un air condescendant durant tout le repas.

Quand M. Havisham se présenta au château plus tard dans la soirée, il fut introduit sur-le-champ auprès du maître de maison. Il trouva celui-ci installé dans un immense fauteuil au coin du feu, le pied appuyé sur un tabouret. Le comte posa sur M. Havisham le regard pénétrant de ses yeux abrités par d'épais sourcils, et l'avoué se rendit compte qu'en dépit de son apparence impassible son hôte était nerveux et secrètement agité.

— Eh bien ! Havisham, dit-il, vous voilà de retour ? Quelles nouvelles m'apportez-vous ?

— Lord Fauntleroy et sa mère sont arrivés à Court Lodge, répondit M. Havisham. Ils ont très bien supporté le voyage et sont en excellente santé.

Le comte poussa un « hem ! » un peu agacé, et sa main s'agita fébrilement.

— Tant mieux ! dit-il brusquement. Jusqu'ici tout va bien. Mettez-vous à l'aise, Havisham ; prenez un verre de porto et asseyez-vous. Qu'avez-vous d'autre à me dire ?

— Le jeune lord demeure cette nuit auprès de sa mère. Je l'amènerai demain au château.

Le comte avait son coude appuyé sur le bras du fauteuil ; il leva la main pour s'en abriter les yeux.

— Et alors ? dit-il. Continuez. Vous savez que je vous avais dit de ne rien m'écrire là-dessus et que j'ignore tout. C'est un garçon de quel genre ? Laissons de côté la mère. Quelle sorte de garçon ?

M. Havisham but un peu du vin de Porto qu'il s'était versé et s'assit, son verre à la main.

— Il est assez difficile d'apprécier le caractère d'un enfant de huit ans, dit-il avec circonspection.

Lord Dorincourt était possédé par de fortes préventions. Il leva vivement les yeux et laissa échapper un mot rude.

— Un sot, alors ? s'écria-t-il, ou un ours mal léché ? On reconnaît chez lui le sang américain, n'est-ce pas ?

— Je ne crois pas qu'il lui ait fait tort, monsieur le comte, répliqua l'avoué de son ton froid et posé.

Je ne m'y connais guère en enfants, mais celui-ci m'a produit un excellent effet.

Il s'exprimait toujours avec calme et retenue, mais il avait ce soir plus de réserve encore dans sa façon de parler. Il estimait avec sagacité que mieux valait que le comte formât lui-même son opinion et ne fût pas influencé avant sa première rencontre avec son petit-fils.

— Bien portant, bien développé ? demanda le comte.

— En fort bonne santé, selon toute apparence, et très bien développé, répondit l'avoué.

— Bien planté et passable physiquement ?

Un très léger sourire souleva les lèvres minces de M. Havisham. Il revoyait en pensée le tableau qu'il avait laissé à Court Lodge : le bel enfant étendu sur la peau de tigre dans sa pose abandonnée, avec son visage rose et joyeux et sa blonde chevelure ébouriffée.

— Pour un bel enfant, monsieur le comte, il me fait l'effet d'un bel enfant, dit-il ; bien que peut-être je ne sois guère bon juge en la matière. Mais je crois pouvoir dire que vous le trouverez quelque peu différent des jeunes Anglais en général.

— Je n'en doute pas, grogna le vieillard, pris d'un élancement causé par la goutte. Une bande d'impudents petits drôles, ces jeunes Américains ! on me l'a dit assez souvent.

— Je n'ai pas constaté d'effronterie chez lui, dit M. Havisham. Je ne saurais trop exprimer en quoi consiste la différence qui existe entre lui et nos jeunes compatriotes. Peut-être vient-elle de ce qu'il a plus vécu avec des grandes personnes qu'avec des enfants, et que son caractère offre à la fois un mélange d'enfantillage et de gravité.

— C'est l'impudence américaine..., protesta le comte. J'en ai entendu parler depuis longtemps. On appelle cela de la précocité, de la franchise... Allons donc ! Impertinence, grossièreté, mauvaises manières, voilà ce que c'est !

M. Havisham but quelques gorgées de porto. Il s'avisait rarement de discuter avec son noble client — jamais lorsque la noble jambe de celui-ci était enflammée par la goutte. Dans ces moments-là, mieux valait ne pas contredire le comte de Dorincourt. Aussi le silence régna-t-il quelques minutes. Ce fut M. Havisham qui le rompit.

— J'ai un message à vous transmettre de la part de Mme Errol, dit-il.

— Je n'ai que faire de ses messages, grommela Sa Seigneurie. Moins j'entendrai parler d'elle et mieux cela vaudra.

— Celui-ci a quelque importance, expliqua l'avoué. Elle préfère ne pas accepter la rente que vous vous proposiez de lui faire.

Le comte sursauta visiblement.

— Quoi donc ? s'exclama-t-il. Qu'est-ce que cela signifie ?

M. Havisham répéta ce qu'il avait dit.

— Elle juge, poursuivit-il, que cet argent ne lui est pas nécessaire, et puisqu'il n'existe pas entre vous de relations... hein !... de relations amicales...

— ...Amicales ! grommela le vieux gentilhomme d'un ton courroucé. Je crois bien que nos relations ne sont pas amicales ! la seule pensée de cette femme m'est odieuse ! Une Américaine cupide et criarde ! je ne veux pas la voir !

— Monsieur le comte, dit M. Havisham, vous ne pouvez guère l'accuser d'être cupide. Elle n'a rien demandé. Elle n'accepte même pas l'argent que vous lui offrez.

— Attitude de façade ! répliqua aigrement Sa Seigneurie. Elle veut m'amener à entrer en rapports avec elle. Elle croit que je vais admirer son désintéressement. Je ne l'admire pas du tout ! C'est simple affectation d'indépendance américaine. Je ne tolérerai pas qu'elle vive comme une pauvresse à la porte de mon parc. Du moment que c'est la mère du petit, elle a un rang à tenir, et elle le tiendra. Elle recevra l'argent, qu'elle le veuille ou non.

— Elle ne le dépensera pas, dit M. Havisham.

— Peu m'importe ce qu'elle en fera ! Mais elle le

recevra. Elle ne pourra pas raconter aux gens qu'elle mène une vie misérable parce que je ne fais rien pour elle. Ce qu'elle veut, c'est donner mauvaise opinion de moi au petit ! je me figure qu'elle l'a déjà monté à fond contre moi ?

— Non, dit M. Havisham. J'ai à vous transmettre un autre message qui vous prouvera qu'il n'en est rien.

— Je ne veux pas l'entendre ! fit le comte d'une voix haletante, la respiration coupée par la colère, l'émotion et la goutte.

M. Havisham le lui fit néanmoins connaître.

— Mme Errol vous demande qu'il ne soit pas tenu, en présence de lord Fauntleroy, des propos de nature à lui faire comprendre que vous le séparez de sa mère à cause des préventions que vous avez contre elle. Il l'aime beaucoup, et elle est convaincue que ceci dresserait une barrière entre vous et lui. Elle dit qu'il ne comprendrait pas, et que cela pourrait affecter ses sentiments à votre égard. Elle a dit à lord Fauntleroy qu'il était trop jeune pour comprendre la raison de leur séparation, mais qu'il l'apprendrait quand il serait plus grand. Elle souhaite qu'il n'y ait aucune ombre à votre première réunion.

Lord Dorincourt se renfonça dans son fauteuil.

— Je ne veux pas l'entendre, fit le comte d'une voix haletante.

Une lueur rapide jaillit de ses yeux durs, profondément enfoncés sous les sourcils touffus.

— Allons donc ! fit-il d'une voix encore entrecoupée ; allons donc ! Vous n'allez pas prétendre que sa mère ne lui a rien dit des raisons de cette séparation ?

— Elle ne lui en a pas soufflé mot, répondit l'avoué avec calme. Cela, je puis vous le certifier. L'enfant est prêt à vous considérer comme le grand-père le plus aimable et le plus tendre. On ne lui a rien dit, absolument rien qui pût le faire douter le moins du monde de vos perfections. Et comme je me suis conformé en tous points à vos instructions lorsque j'étais à New York, il vous regarde sûrement comme un prodige de générosité.

— Vous croyez ?

— Je vous donne ma parole d'honneur, dit M. Havisham, que l'impression que lord Fauntleroy aura de son grand-père dépend entièrement de vous ; et si vous excusez ma liberté, je me permets de suggérer que vous réussirez mieux avec lui en ayant soin de ne pas parler de sa mère avec dédain.

— Peuh ! peuh !... fit le comte. Le gamin n'a que huit ans.

— Il a passé ces huit années aux côtés de sa mère, observa M. Havisham, et elle possède son entière affection.

V
Le château de Dorincourt

Il était tard dans l'après-midi lorsque la voiture, amenant le petit lord Fauntleroy et M. Havisham, s'engagea dans la longue avenue qui conduisait au château. Lord Dorincourt avait donné l'ordre qu'on lui amenât son petit-fils pour l'heure du dîner ; il avait donné ordre également qu'on l'introduisît seul dans la pièce où il devait le recevoir.

Tandis que la voiture montait l'avenue, lord Fauntleroy, appuyé confortablement sur les luxueux coussins, regardait le paysage avec beaucoup d'intérêt. En fait, il était intéressé par tout ce qu'il voyait, par la voiture avec ses superbes trotteurs aux harnais luisants, par le grand cocher et le valet de pied dans leurs splendides livrées. Il avait été particulièrement intrigué par la couronne qui décorait les portières et s'était mis en relation sur-le-champ avec le valet de pied pour savoir quelle en était la signification.

Quand la voiture arriva devant les grandes portes du parc, Cédric se pencha par la portière pour mieux voir les énormes lions de pierre qui en gardaient l'entrée. La grille fut ouverte par une femme fraîche et accorte qui sortit d'une jolie petite maison revêtue de lierre. Deux enfants arrivèrent en courant sur ses talons et considérèrent avec de grands yeux le petit lord, qui les regardait, lui aussi. Leur mère faisait des révérences et des sourires, et les enfants, sur un signe qu'elle leur fit, se mirent aussi à faire de petites révérences.

— Est-ce qu'elle nous connaît ? demanda lord Fauntleroy. Elle doit s'imaginer qu'elle m'a déjà vu.

Et il lui sourit en retirant son béret de velours noir.

— Bonjour, comment allez-vous ? dit-il d'un air épanoui.

La fraîche jeune femme parut très contente, car son sourire s'élargit, et un bon regard anima ses yeux bleus.

— Dieu vous bénisse, milord ! dit-elle. Nous sommes heureux de vous souhaiter la bienvenue.

Lord Fauntleroy agita son béret et adressa de nouveaux signes de tête à la jeune femme quand la voiture la dépassa.

— Cette personne me plaît, dit-il ; elle a l'air d'aimer les petits garçons. Cela me ferait plaisir de venir ici pour jouer avec ses enfants. Je me demande si elle en a assez pour que je puisse en former une compagnie.

M. Havisham ne lui dit point qu'il avait peu de chance d'être autorisé à prendre pour compagnons de jeu les enfants de la portière. L'avoué pensa que rien ne pressait, et que cette information pouvait attendre.

La voiture continuait à rouler entre les beaux arbres qui bordaient l'avenue au-dessus de laquelle ils étendaient leurs branches comme une voûte. Cédric n'avait jamais vu d'arbres pareils, si grands, si majestueux, avec des branches partant très bas de leurs énormes troncs. Cédric ignorait encore que le château de Dorincourt était un des plus magnifiques domaines d'Angleterre, que son parc comptait parmi les plus vastes et les plus beaux, et que son avenue d'arbres était sans rivale. Mais il se rendait compte de la beauté de tout ce qui l'entourait. Il aimait les gros arbres aux robustes branches que le soleil déclinant traversait de flèches d'or. Il aimait le calme serein du paysage ; il éprouvait une joie profonde à la vue de ce qu'il pouvait apercevoir du parc entre les arbres et leurs branches retombantes — vastes espaces découverts où s'élevaient encore d'autres arbres, soit dans un majestueux isolement, soit en groupes harmonieux. A certains endroits, de hautes fougères croissaient en masses compactes, et souvent le sol était bleu de jacinthes sauvages que balançait une brise légère. Plusieurs fois Cédric sursauta et rit joyeusement à la vue d'un lapin qui bondissait hors de la verdure et détalait en montrant sa petite queue blanche ; et quand une compagnie de perdreaux se leva soudain et s'envola dans un frou-frou d'ailes, il battit des mains en poussant des cris de joie.

— C'est joliment beau ici ! dit-il à M. Havisham. Je n'ai jamais rien vu de si beau ; c'est encore plus joli que le Parc Central de New York.

La longueur du trajet l'étonnait.

— Quelle distance y a-t-il donc entre la porte du parc et le château ? finit-il par demander.

— Entre trois et quatre milles, répondit l'avoué.

— C'est drôle d'habiter si loin de sa porte d'entrée, remarqua le jeune lord.

A chaque instant quelque chose de nouveau venait l'étonner ou exciter son admiration. Quand il aperçut des chevreuils, couchés dans l'herbe, ou d'autres debout, qui tournaient vers l'avenue, d'un air effarouché, leurs jolies têtes ornées d'andouillers, sa joie ne connut plus de bornes.

— Est-ce qu'un cirque est venu ici ? s'écria-t-il. A qui appartiennent ces bêtes ?

— Elles vivent ici, répondit M. Havisham, et elles appartiennent à votre grand-père.

Ce fut peu après qu'ils aperçurent le château, dressant devant eux sa masse grise et imposante où de multiples fenêtres reflétaient comme des flammes les derniers rayons du soleil. Il était flanqué de tours et de tourelles crénelées, un lierre abondant montait le long de ses murailles, et le vaste espace découvert qui l'entourait était disposé en terrasses, en pelouses et en parterres chatoyants.

— C'est la plus belle maison que j'aie jamais vue, dit Cédric, sa figure ronde rougissant de plaisir. On dirait le palais d'un roi. J'en ai vu de semblables dans les images des contes de fées.

Il vit la grande porte d'entrée ouverte et de nombreux

serviteurs rangés en double ligne sur le perron. Il admira beaucoup leurs livrées et se demanda ce qu'ils faisaient là. Il ne savait pas que toute la domesticité du château était rassemblée pour faire honneur au petit garçon à qui appartiendraient un jour toutes ces splendeurs — le beau château pareil aux palais des contes de fées, le parc magnifique, les arbres centenaires, les vallons remplis de fougères et de jacinthes bleues où folâtraient les lièvres et les lapins, et les chevreuils aux grands yeux, couchés dans l'herbe épaisse. Il y avait quinze jours à peine qu'il s'entretenait encore avec M. Hobbs au milieu des tonneaux de pommes de terre et des boîtes de conserve. Lorsqu'il était assis, les jambes pendantes, sur le haut tabouret de l'épicier, il était loin de s'imaginer qu'il serait associé à tant de magnificence.

En tête de la rangée de domestiques se tenait une femme d'un certain âge, vêtue d'une robe unie de belle soie noire, qui portait une coiffe sur ses cheveux gris. Quand ils pénétrèrent dans le vestibule, elle s'approcha, et Cédric devina à son expression qu'elle allait lui parler. M. Havisham, qui le tenait par la main, s'arrêta et dit :

— Madame Mellon, voici lord Fauntleroy. Lord Fauntleroy, je vous présente Mme Mellon, la gouvernante du château.

Cédric lui tendit la main et ses yeux brillèrent.

— C'est vous qui avez envoyé la chatte ? dit-il. Je vous en remercie beaucoup, madame.

Le beau visage fané de Mme Mellon prit un air aussi heureux que celui qu'avait eu la concierge un instant auparavant.

— J'aurais reconnu milord n'importe où, dit-elle à M. Havisham. Il a le visage et les façons du capitaine. C'est un grand jour pour nous, monsieur.

Cédric se demanda pourquoi c'était un grand jour, et regarda Mme Mellon avec curiosité. Il crut voir un instant des larmes dans ses yeux ; et pourtant il était évident qu'elle n'était pas malheureuse, puisqu'elle le regardait en souriant.

— La chatte a laissé ici deux jolis chatons, dit-elle.

On les portera à l'appartement de Votre Seigneurie.
M. Havisham lui dit quelques mots à voix basse.
— Dans la bibliothèque, monsieur, lui répondit
Mme Mellon. Lord Fauntleroy doit y être introduit seul.

Quelques minutes plus tard, le grand valet de pied,
qui avait escorté Cédric jusqu'à la bibliothèque, ouvrit la
porte et annonça : « Lord Fauntleroy, milord », d'un
ton majestueux. Bien que simple valet de pied, il sentait
toute l'importance que présentaient l'arrivée de l'héritier
dans son propre domaine et son introduction auprès du
vieux comte dont il devait recueillir plus tard le rang et
le titre.

Cédric franchit le seuil de la pièce. Celle-ci était très
grande et très belle, avec des meubles massifs en bois
sculpté et des rayons pleins de livres s'étageant le long
des murs. Les meubles étaient sombres, les rideaux épais,
et les fenêtres à carreaux en losanges avaient des embra-
sures profondes, de sorte qu'il régnait dans la pièce à
cette heure une demi-obscurité assez triste. Cédric crut
d'abord qu'il n'y avait personne, mais bientôt il distingua
un grand fauteuil de repos placé devant le feu qui brûlait
dans la vaste cheminée. Dans ce fauteuil quelqu'un était
assis — quelqu'un qui ne tourna point tout de suite
la tête pour le regarder.

Cédric avait du moins éveillé l'attention d'un autre
personnage. Sur le parquet, près du fauteuil, était couché
un chien, un gros dogue fauve qui avait presque la taille
d'un lion, et l'énorme bête se leva lentement, avec
majesté, pour se diriger d'un pas pesant vers le petit
garçon. Alors l'occupant du fauteuil prit la parole.

— Dougal, ici ! ordonna-t-il.

Mais dans le cœur du petit lord Fauntleroy il n'y
avait pas plus de crainte que de méchanceté. Il avait
toujours été un petit garçon courageux. Il posa une
main sur le collier du gros chien du geste le plus
naturel du monde, et ils s'avancèrent ensemble vers
le comte.

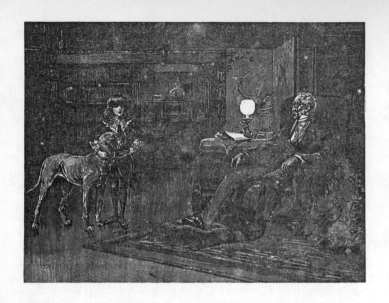

Celui-ci leva la tête. Cédric vit un robuste vieillard avec des sourcils et des cheveux blancs touffus et un nez en bec d'aigle entre des yeux durs, profondément enfoncés. Le comte de Dorincourt, lui, vit un enfant gracieux de tournure, vêtu d'un costume de velours noir orné d'un col de dentelle, avec une chevelure bouclée et une petite figure virile dont les yeux rencontrèrent les siens avec une expression innocente de gentillesse et de confiance. Si le château ressemblait à un palais de conte de fées, il faut reconnaître que le petit lord Fauntleroy lui-même offrait assez l'image réduite d'un Prince Charmant, bien qu'il ne s'en doutât nullement et qu'il fût peut-être un peu trop solidement planté pour un personnage de féerie. Mais une flamme de joie triomphante s'éleva dans le cœur de l'irascible vieillard quand il vit quel bel enfant vigoureux était son petit-fils et l'air assuré avec lequel celui-ci le regardait, la main posée sur le cou du gros chien. Le revêche vieillard était satisfait que l'enfant ne montrât aucune crainte de son chien ou de lui-même.

Cédric le regarda de la même façon qu'il avait regardé la concierge du parc et la gouvernante, et alla jusqu'à lui.

— Est-ce vous qui êtes le comte ? dit-il. Je suis votre petit-fils, que M. Havisham est allé chercher. Je suis lord Fauntleroy.

Il tendit la main, persuadé que la politesse l'exigeait.

— J'espère que vous allez bien, continua-t-il de son air le plus affable. Je suis très heureux de vous voir.

Le comte lui donna une poignée de main tandis qu'une lueur singulière passait dans son regard ; en ce premier instant, il était si surpris qu'il ne savait que dire. Il considéra la pittoresque petite apparition et la détailla de la tête aux pieds.

— Heureux de me voir, dites-vous ? fit-il.

— Oh ! oui, très heureux, dit lord Fauntleroy.

Il y avait une chaise près du comte. Cédric s'y assit. C'était une grande chaise à haut dossier, et une fois assis, ses pieds n'atteignaient pas le sol ; mais il n'en avait pas moins l'air d'être tout à fait à son aise et contemplait son auguste parent avec une expression à la fois modeste et attentive.

— Pendant le voyage, je me demandais comment vous étiez, observa-t-il. Je me demandais si vous ressembliez à mon père.

— Et vous trouvez que je lui ressemble ? demanda le comte.

— Voyez-vous, répondit Cédric, j'étais trop petit quand il est mort, et peut-être que je ne me rappelle pas bien comment il était ; mais il me semble que vous ne lui ressemblez pas.

— Vous le regrettez, sans doute ? suggéra son grand-père.

— Oh ! non, répondit Cédric poliment. Bien entendu, cela fait plaisir de voir quelqu'un qui ressemble à votre papa ; mais c'est naturel aussi d'aimer la figure de votre grand-père, même s'il ne ressemble pas à votre père. On trouve toujours bien les gens de sa famille, n'est-ce pas ?

Le comte se renversa dans son fauteuil, le regard perdu dans le vague. Il ne pouvait prétendre que pour sa part il admirât beaucoup les gens de sa famille. Il avait employé la plus grande partie de ses nobles loisirs à se quereller avec eux, à les chasser de chez lui et à leur appliquer des épithètes offensantes, et tous le détestaient cordialement.

— Tous les petits garçons aiment leur grand-père, continua lord Fauntleroy, surtout quand il est aussi bon que vous l'avez été pour moi.

Une autre lueur étrange passa dans les yeux du vieux gentilhomme.

— Oh ! fit-il, ai-je vraiment été bon pour vous ?

— Oh ! oui, répondit avec élan lord Fauntleroy. Je vous suis si reconnaissant pour Brigitte, et pour la marchande de pommes, et pour Dick !

— Brigitte ! s'exclama le comte ; Dick !... la marchande de pommes !...

— Mais oui, expliqua Cédric, tous ceux pour lesquels vous m'avez donné de l'argent — c'est-à-dire l'argent que vous avez dit à M. Havisham de me donner si j'en avais besoin.

— Ah ! vous parlez de l'argent que vous deviez dépenser à votre guise ? Qu'avez-vous acheté avec ? J'aimerais bien le savoir.

Il fronça ses sourcils touffus et regarda attentivement l'enfant. Il était secrètement curieux de savoir à quelles fantaisies s'était livré le petit garçon.

— Oh ! dit lord Fauntleroy, peut-être que vous n'avez jamais entendu parler de Dick, ni de la marchande de pommes, ni de Brigitte. J'oubliais que vous habitez trop loin d'eux. C'étaient des amis à moi, voyez-vous. Et comme Michaël avait la fièvre...

— Qui est Michaël ? demanda le vieillard.

— Michaël est le mari de Brigitte, et ils étaient tous deux bien en peine. Vous vous rendez compte de ce que c'est pour un homme qui a dix enfants lorsqu'il est malade et ne peut pas travailler ; et Michaël a toujours été un homme sérieux. Alors, Brigitte venait souvent pleurer chez nous. Un soir où M. Havisham était là, Brigitte pleurait justement dans la cuisine parce qu'ils n'avaient presque plus rien à manger et ne pouvaient pas payer leur propriétaire. J'étais allé lui dire bonjour à la cuisine quand M. Havisham m'a envoyé chercher pour me dire que vous lui aviez donné de l'argent pour moi. Alors, j'ai vite couru donner l'argent à Brigitte, ce qui a tout arrangé. Brigitte en était tout abasourdie. Voilà pourquoi je vous suis tellement reconnaissant.

— Oh! oh! fit lord Dorincourt de sa voix grave, c'est à cela que vous avez employé votre argent? Et à quoi encore?

Dougal était accroupi à côté de la grande chaise; il avait pris place à cet endroit dès que Cédric s'était assis. Il avait tourné la tête à plusieurs reprises pour regarder le petit garçon, comme s'il s'intéressait à ce qu'il disait. Dougal était un chien d'allure solennelle qui prenait l'existence au sérieux. Le vieux comte, qui le connaissait bien, l'observait depuis un moment avec intérêt. Dougal n'avait pas coutume de nouer des relations à la légère, et le comte s'étonnait quelque peu de le voir demeurer si paisible sous la caresse de la petite main. Juste en cet instant, le grand chien donna un nouveau coup d'œil au petit lord Fauntleroy, puis, sans hâte, d'un air digne, posa sa grosse tête sur ses genoux.

La petite main continua à caresser ce nouvel ami, tandis que Cédric répondait :

— Ensuite, il y avait Dick. Dick vous plairait sûrement ; c'est un « bath » garçon.

Ceci était un terme dont le comte ne connaissait pas la signification.

— Qu'est-ce que cela veut dire? questionna-t-il.

Lord Fauntleroy fit une pause pour réfléchir. Il n'était pas très sûr lui-même du sens de ce mot. Il supposait que cela signifiait quelque chose de très bien, parce que Dick en usait volontiers.

— Cela veut dire, je crois, qu'il ne voudrait tricher avec personne, expliqua-t-il, ou encore qu'il ne frapperait pas un garçon moins grand que lui et qu'il cire très bien les chaussures et les fait briller tant qu'il peut. Dick est cireur de bottes.

— Et il est de vos relations, dites-vous ? dit le comte.

— C'est un vieil ami à moi, répondit son petit-fils. Pas aussi ancien que M. Hobbs, mais un vieil ami tout de même. Il m'a fait un cadeau juste avant le départ du bateau.

Il enfonça la main dans sa poche et en tira un objet rouge qu'il déplia d'un air d'orgueil attendri. C'était le foulard en soie rouge avec de grands dessins violets représentant des fers à cheval.

— Voilà ce qu'il m'a donné, dit le jeune lord. Je le garderai toujours. On peut le porter autour du cou ou le mettre dans sa poche. Il a acheté ça avec le premier argent qu'il a gagné tout seul, après que je lui eus donné des brosses neuves et de l'argent pour racheter la part de Jake. C'est un souvenir. J'ai fait écrire quelque chose à l'intérieur de la montre de M. Hobbs : « *En regardant ceci, pensez à votre ami.* » Chaque fois que je vois ce foulard, je pense à Dick.

On aurait peine à décrire toutes les impressions ressenties par le très honorable comte de Dorincourt. Ce n'était pas un vieillard facile à déconcerter, car il avait vu beaucoup de choses dans son existence ; mais ce qu'il voyait en ce moment était tellement nouveau pour lui que son souffle seigneurial en était presque coupé. Il n'avait jamais aimé les enfants. Ses fils mêmes, quand ils étaient petits, ne l'intéressaient point. Il avait toujours considéré les garçons comme de petits animaux égoïstes, gourmands, tapageurs, s'ils n'étaient pas soumis à une sévère discipline. Le comte n'avait jamais eu l'idée qu'il pourrait aimer son petit-fils ; il avait envoyé chercher Cédric parce que son orgueil le lui commandait. Du moment que le petit garçon était destiné à lui succéder, il ne voulait pas que le nom de Dorincourt subît une atteinte en passant à un homme vulgaire sans éducation. Il était convaincu que le petit garçon, élevé en Amérique, ne pourrait avoir que des manières détestables. Aucun sentiment d'affection ne le poussait vers son petit-fils. Son souhait principal était qu'il fût doué d'un physique convenable et d'une dose suffisante de bon sens. Déjà très déçu par ses autres fils, il avait été si furieux du mariage du capitaine Errol, qu'il avait toujours été persuadé que cette union ne pouvait rien produire de bon. Tout d'abord, quand le valet de pied avait annoncé lord Fauntleroy, le vieillard n'avait pas osé regarder l'enfant, de crainte de le trouver tel qu'il l'appréhendait. C'est pourquoi il avait ordonné que le petit garçon fût introduit seul auprès de lui. Son orgueil n'aurait pas supporté que d'autres pussent voir sa déception, s'il devait en éprouver une. Son vieux cœur hautain avait fait un bond dans sa poitrine quand l'enfant s'était avancé avec aisance, la main posée sur le cou du gros chien. Même dans ses prévisions les plus optimistes, le comte n'avait pas osé espérer que l'extérieur de son petit-fils serait aussi satisfaisant. Cela semblait presque trop beau pour être vrai, que l'enfant dont il avait redouté la vue, le fils de la femme qu'il détestait, fût ce joli petit garçon qui se présentait avec tant de grâce et d'intrépidité enfantines.

La sévère impassibilité du vieux gentilhomme était tout ébranlée par cette découverte inattendue.

Alors ils s'étaient mis à causer, et le comte s'était senti de plus en plus remué et déconcerté. En premier lieu, il était tellement habitué à voir les gens craintifs ou embarrassés devant lui, qu'il s'attendait que son petit-fils montrât de la timidité ou de l'appréhension. Mais Cédric n'avait pas plus peur de lord Dorincourt que de Dougal. Il n'était pas effronté ; il était ingénument aimable et n'avait pas le sentiment que pût exister pour lui le moindre sujet de crainte ou d'embarras. Le comte voyait que le petit garçon le prenait pour un ami et le traitait comme tel, sans éprouver le moindre doute à cet égard. De toute évidence, l'enfant qui, installé sur sa haute chaise, tenait si gentiment conversation, n'avait pas idée que ce grand vieillard à la mine sévère pût être autrement que bien disposé à son égard et enchanté de le voir auprès de lui. Il était également évident qu'à sa façon enfantine, le petit lord désirait plaire à son grand-père et l'intéresser. Si revêche, si dur et si enfermé dans son orgueil que fût le comte, il ne pouvait s'empêcher d'éprouver un plaisir secret et nouveau dans cette confiance naïve. Après tout, il ne lui était pas désagréable de rencontrer quelqu'un qui ne doutait pas de lui, ne tremblait pas devant lui et semblait ne point voir le mauvais côté de sa nature, quelqu'un qui le considérait avec des yeux clairs et confiants — fût-ce simplement un petit garçon vêtu de velours noir.

Lord Dorincourt s'adossa donc à son fauteuil et amena son jeune compagnon à parler encore de lui-même, tout en continuant à l'observer avec cette lueur singulière dans les yeux. Lord Fauntleroy était tout prêt à répondre à ses questions et continuait tranquillement à babiller avec sa gentillesse habituelle. De fil en aiguille il raconta à son grand-père toute l'histoire de Dick et de Jake, parla de la marchande de pommes, de M. Hobbs ; il décrivit le cortège républicain dans toute la gloire de ses oriflammes, de ses transparents, de ses torches et de ses fusées. Au cours de la conversation, il aborda le sujet du Quatre Juillet et de la Révolution américaine, et il commençait à s'enflammer quand il se rappela subitement quelque chose et s'arrêta court.

— Qu'est-ce qu'il y a ? demanda son grand-père. Pourquoi ne continuez-vous pas ?

Lord Fauntleroy s'agita sur son siège avec quelque gêne.

— Je me disais qu'il ne vous plairait peut-être pas d'entendre parler de tout cela, répondit-il. Peut-être quelqu'un de votre famille se trouvait-il en Amérique à ce moment-là. Je ne pensais plus que vous étiez Anglais.

— Vous pouvez continuer, dit Sa Seigneurie. Personne de ma famille ne se trouvait là. Mais vous oubliez que vous êtes Anglais, vous aussi.

— Oh ! non, fit vivement Cédric. Je suis Américain.

— Vous êtes Anglais, fit sèchement le comte. Votre père était Anglais.

Il souriait, mais Cédric ne trouva rien de plaisant à cette déclaration. Jamais il n'avait supposé chose pareille. Il se sentit rougir jusqu'à la racine des cheveux.

— Je suis né en Amérique, protesta-t-il. Quand on naît en Amérique, on est Américain. Je vous demande pardon de vous contredire, ajouta-t-il avec politesse d'un ton très déférent. M. Hobbs m'a dit que s'il y avait une autre guerre il faudrait que je... que je me batte avec les Américains.

Le vieux gentilhomme fit entendre un petit rire bref et ironique ; mais c'était un rire tout de même.

— Et c'est ce que vous feriez, n'est-ce pas ? demanda-t-il.

Il détestait l'Amérique et les Américains, mais il s'amusait de voir l'air sérieux et convaincu de ce petit patriote. Il pensait qu'un si bon Américain pourrait, en grandissant, devenir un excellent Anglais.

Ils n'eurent pas le temps de se replonger dans la Révolution, — lord Fauntleroy éprouvait d'ailleurs quelque scrupule à reprendre le sujet, — car le dîner fut annoncé.

Cédric descendit de sa chaise et s'approcha de son noble grand-père. Il regarda le pied malade de celui-ci.

— Aimeriez-vous que je vous aide ? demanda-t-il poliment. Vous pouvez vous appuyer sur moi, vous savez. Le jour où un sac de pommes de terre lui est tombé sur le pied, M. Hobbs s'est appuyé sur moi pour marcher.

Le grand valet de pied faillit mettre en péril sa réputation et sa situation par un fou rire. C'était un valet de pied aristocratique, qui avait toujours servi dans les plus nobles familles, et qui n'avait jamais souri dans l'exercice de ses fonctions ; en vérité, il se serait cru déshonoré en tant que valet de pied, s'il s'était laissé conduire par les circonstances, quelles qu'elles fussent, à se rendre coupable d'un tel manque de tenue. Mais cette fois, il l'avait échappé belle et n'avait pu se contenir qu'en regardant fixement par-dessus la tête de son noble maître un très vilain portrait.

Le comte examinait son vaillant petit-fils de la tête aux pieds.

— Vous croyez que vous en êtes capable ? demanda-t-il d'un ton bourru.

— Oui, je le crois, dit Cédric. Je suis fort. J'ai huit ans, vous savez. Vous pourriez vous appuyer d'un côté sur votre canne et de l'autre sur moi. Dick trouve que j'ai beaucoup de biceps pour un garçon de huit ans.

Il serra son poing et plia le bras vers son épaule pour que le comte pût voir le muscle dont Dick avait fait le bienveillant éloge, et il avait un air si sérieux que le valet de pied jugea nécessaire de regarder de nouveau attentivement la vilaine peinture.

— Fort bien, dit le comte, vous pouvez essayer.

Cédric lui tendit sa canne et se mit en devoir de l'aider à se lever. C'était habituellement le valet de pied qui remplissait cet office, et il recevait de violentes apostrophes quand Sa Seigneurie ressentait quelques élancements supplémentaires. Dans ces occasions, le comte manquait généralement de politesse, et il arrivait souvent aux beaux valets de pied qui l'entouraient de trembler sous leur imposante livrée.

Mais, ce soir, le vieillard ne jura point, bien que son pied malade le fît pas mal souffrir. Il voulait faire une expérience. S'étant levé de son fauteuil, il posa la main sur la petite épaule qui s'offrait à lui avec tant de bonne volonté.

Le petit lord Fauntleroy fit prudemment un pas en regardant le pied malade.

— Appuyez-vous sur moi, dit-il d'un ton encourageant. J'irai très lentement.

Si le comte avait été soutenu par le valet de chambre, il se serait moins appuyé sur sa canne et davantage sur le bras de ce dernier. Cependant cela faisait partie de son expérience de laisser supporter à son petit-fils un poids assez lourd. Certes, le poids était sérieux, et après quelques pas le visage du jeune lord s'enflamma et son

cœur battit plus vite ; mais il rassembla toute son énergie en pensant à la qualité de ses muscles et à l'éloge que Dick en avait fait.

— N'ayez pas peur de vous appuyer, dit-il d'une voix essoufflée. Je puis très bien vous aider si... si... si ce n'est pas trop loin.

La salle à manger n'était pas à une grande distance, mais Cédric trouva passablement long le trajet à faire pour atteindre le siège placé à la tête de la table. La main appuyée sur son épaule lui semblait plus pesante à chaque pas ; il se sentait le visage rouge et brûlant, et le souffle de plus en plus court, mais il n'eut pas l'idée d'abandonner la partie. Il raidissait ses jeunes muscles, tenait sa tête bien droite, et encourageait le comte qui avançait en boitant.

— Est-ce que votre pied vous fait très mal quand vous le posez par terre ? demandait-il. Est-ce que vous l'avez déjà mis dans un bain de pied d'eau chaude et de moutarde ? M. Hobbs, lui, trempait le sien dans l'eau très chaude. L'arnica aussi fait beaucoup de bien, m'a-t-on dit.

Le gros chien avançait à leurs côtés avec lenteur et majesté, et le grand valet de pied fermait la marche. A plusieurs reprises il eut une expression singulière en regardant le petit garçon qui usait de toute sa force et supportait son lourd fardeau avec tant de courage. Le visage du comte prit également une expression singulière, comme il jetait un regard de côté sur le petit visage empourpré.

En entrant dans la salle à manger, Cédric remarqua que c'était une pièce vaste et imposante et que le valet de pied, posté derrière le siège occupant le haut bout de la table, les regardait avec étonnement.

Enfin ils atteignirent le siège du maître de maison. La main de celui-ci quitta l'épaule de Cédric, et lord Dorincourt se trouva installé commodément sur son siège.

Cédric tira le foulard de Dick et s'essuya le front.

— Il fait chaud ce soir, n'est-ce pas ? observa-t-il.

Peut-être avez-vous besoin de feu parce que... parce que vous avez mal au pied. Mais moi, j'ai un peu chaud.

Sa déférence discrète à l'égard des sentiments de son noble aïeul était telle qu'il ne voulait pas donner à entendre que quelque chose de ce qui l'entourait était superflu.

— Vous venez de fournir un dur effort, dit le comte.

— Oh ! non, dit lord Fauntleroy ; ce n'était pas vraiment dur, mais j'ai eu un peu chaud. On attrape facilement chaud en été.

Et il frotta vigoureusement ses boucles moites avec le somptueux foulard. Son propre siège était placé à l'autre bout de la table, en face de celui de son grand-père. C'était un siège armorié fait pour quelqu'un de beaucoup plus volumineux que lui ; de fait, tout ce qu'il avait vu jusque-là, — les pièces immenses avec leur plafond élevé et leurs meubles massifs, les grands valets de pied, l'énorme chien, et le comte lui-même, — tout était de dimensions destinées à faire sentir à l'enfant qu'il était vraiment très petit. Mais il n'en était pas troublé ; il ne s'était jamais considéré comme quelqu'un de grand ou d'important, et il était tout disposé à s'adapter aux circonstances, même si elles lui semblaient un peu écrasantes.

Peut-être n'avait-il jamais paru si petit que quand il fut installé dans son vaste fauteuil au bout de la table. Bien qu'il menât une existence solitaire, le vieux gentilhomme tenait au décorum dans sa manière de vivre. Il attachait une grande importance à son dîner, et le service s'en faisait toujours en grande cérémonie. Cédric voyait son grand-père à travers un scintillement de verres de cristal et de vaisselle d'argent, et ses yeux, qui n'y étaient point accoutumés, en étaient éblouis. Un spectateur étranger aurait souri devant ce tableau : la vaste et superbe salle, les grands domestiques en livrée, les lumières brillantes, l'argenterie et les cristaux étincelants, le vieux seigneur à la physionomie sévère présidant au haut bout de la table, et, à l'autre bout, le tout petit garçon. D'habitude, le dîner était pour le comte une affaire très sérieuse, et c'était aussi une affaire très sérieuse pour le cuisinier, si Sa Seigneurie n'était pas satisfaite ou si elle avait peu d'appétit. Aujourd'hui, cependant, son appétit paraissait meilleur que de coutume, peut-être parce que le comte avait, pour occuper ses pensées, autre chose que la saveur des entrées et la présentation des sauces. Son petit-fils absorbait son attention. Le vieillard gardait son regard fixé sur l'enfant, qui lui faisait vis-à-vis, à l'autre bout de la table. Il ne parlait pas beaucoup lui-même, mais s'arrangeait pour faire parler le petit garçon.

— Vous ne portez pas tout le temps votre couronne ? observa respectueusement lord Fauntleroy.

— Non, répondit le comte avec son sourire ironique. Ce couvre-chef ne me sied pas.

— M. Hobbs croyait que vous la portiez tout le temps, dit Cédric ; mais après avoir réfléchi, il m'a dit que vous la retiriez sans doute de temps à autre pour mettre votre chapeau.

— Oui, je l'enlève en effet de temps à autre.

Un des deux valets de pied se tourna brusquement du côté du mur et toussota derrière sa main d'une façon singulière.

Cédric acheva de dîner le premier ; s'appuyant alors au dossier de son siège, il promena son regard sur toute la salle.

— Vous devez être fier de votre maison, dit-il ; elle est si belle ! Je n'ai jamais vu quelque chose de si magnifique. Mais naturellement, comme je n'ai que huit ans je n'ai pas encore vu beaucoup de choses.

— Et vous pensez que je dois en être fier, dit le comte.

— Je pense que n'importe qui en serait fier, répondit lord Fauntleroy. J'en serais fier si elle m'appartenait. Tout ici est si beau ! Le parc et les arbres sont superbes, et les feuilles, comme elles font un joli bruit !

Il garda le silence un instant et regarda pensivement vers l'autre extrémité de la table.

— C'est une bien grande maison pour deux personnes seulement, reprit-il.

— C'est suffisamment grand pour deux, en effet, répondit le comte. Trouvez-vous que ce soit trop grand ?

Le petit lord hésita un instant.

— Je pensais simplement, dit-il, que si deux personnes ne s'entendant pas très bien vivaient dans une si grande maison, elles pourraient parfois se sentir un peu tristes.

— Pensez-vous que vous vous entendrez bien avec moi ? questionna le comte.

— Oh ! oui, je le crois, répondit Cédric. M. Hobbs et moi étions très bons amis. C'est le meilleur ami que j'avais, après Chérie.

Le comte leva vivement ses sourcils broussailleux :

— Qui est Chérie ?

— C'est ma mère, dit lord Fauntleroy, d'une voix basse et contenue.

Peut-être était-il un peu las, l'heure habituelle de son coucher étant proche, et, après l'agitation des jours précédents, sans doute avait-il lieu d'être fatigué. Peut-être aussi cette impression de lassitude faisait-elle naître en lui un vague sentiment de dépaysement à la pensée que, cette nuit, il ne dormirait pas chez lui, sous le regard aimant de celle qu'il appelait « sa meilleure amie ». Ils avaient toujours été les meilleurs amis du monde, ce petit garçon et sa jeune maman. Il ne pouvait s'empêcher de penser à elle, et plus il y pensait, moins il avait envie de parler. Quand le dîner se termina, lord Dorincourt vit qu'une ombre légère voilait son visage. Cédric, néanmoins, se comporta courageusement, et quand ils regagnèrent la bibliothèque, le comte, malgré la présence du grand valet de pied à son côté, s'appuya sur l'épaule de son petit-fils, moins lourdement, toutefois, qu'il ne l'avait fait précédemment.

Quand le domestique les eut laissés seuls, Cédric s'assit par terre devant la cheminée, à côté de Douglas. Durant quelques minutes il caressa les oreilles du chien et regarda le feu sans mot dire.

Le vieillard l'observait. Le regard de l'enfant était grave et songeur, et une ou deux fois il poussa un

petit soupir. Le comte demeurait immobile, les yeux fixés sur son petit-fils.

— Fauntleroy, finit-il par dire, à quoi pensez-vous ?

Fauntleroy leva la tête en s'efforçant vaillamment de sourire.

— Je pensais à Chérie, dit-il ; et... je crois que je ferais mieux de me donner un peu de mouvement.

Il se leva, enfonça ses mains dans ses petites poches et se mit à se promener de long en large. Ses yeux étaient très brillants et ses lèvres serrées, mais il tenait la tête droite et marchait d'un pas égal. Dougal se tourna d'un mouvement nonchalant pour le regarder ; puis il se leva, rejoignit l'enfant, et se mit à le suivre d'un air anxieux. Fauntleroy retira une main de sa poche et la posa sur la tête du chien.

— C'est une bonne bête, dit-il. C'est mon ami. Il comprend ce que je sens.

— Et que sentez-vous ? demanda le comte.

Il était un peu troublé de voir la lutte que soutenait le petit garçon contre cette première impression de nostalgie, mais il était satisfait de le voir faire un vaillant effort pour réagir contre elle. Il appréciait ce courage enfantin.

Fauntleroy s'approcha de lui.

— Jusqu'ici, je ne m'étais jamais trouvé loin de chez moi, dit le petit garçon avec un regard triste dans ses yeux bruns. Cela rend tout drôle de penser qu'on va passer la nuit dans le château d'une autre personne au lieu de la passer chez soi. Mais Chérie n'est pas très loin de moi. Elle m'a dit de ne pas l'oublier ; et puis... et puis, j'ai huit ans... et je puis regarder le portrait qu'elle m'a donné.

Il mit la main dans sa poche et en tira un petit écrin recouvert de peluche mauve.

— Le voici, dit-il. Vous voyez, on presse un ressort, le couvercle s'ouvre, et la voilà.

Il était tout contre le siège du comte, et tandis qu'il prenait l'écrin, il s'appuya contre le bras du fauteuil, et aussi contre le bras du vieillard avec autant d'abandon que si depuis toujours ç'avait été la coutume pour des enfants de s'appuyer à cette place.

— La voici, dit-il comme l'écrin s'ouvrait.

Et il regarda la miniature avec un sourire.

Le comte fronça les sourcils ; il ne voulait pas voir le portrait, mais il le regarda malgré lui ; et devant ses yeux surgit un jeune visage qui semblait le considérer — un visage si charmant et rappelant à tel point celui de l'enfant qui était près de lui qu'il en tressaillit.

— Et vous l'aimez beaucoup ? dit-il.

— Oui, répondit lord Fauntleroy avec simplicité, je l'aime beaucoup ; plus que tout. M. Hobbs était mon ami, et Dick, et Brigitte et Michaël étaient aussi mes amis ; mais Chérie, elle, est ma *meilleure amie*. Nous nous disons tout l'un à l'autre. Mon père me l'a laissée pour que je veille sur elle, et quand je serai un homme, je travaillerai et gagnerai sa vie.

— Que pensez-vous faire ? demanda le grand-père.

Le petit lord se laissa glisser sur le tapis et s'assit en gardant le portrait dans sa main. Il eut l'air de réfléchir profondément avant de répondre.

— Je pense que je pourrais peut-être m'associer avec M. Hobbs, répondit-il ; mais j'aimerais énormément être Président de la République.

— Nous vous enverrons plutôt à la Chambre des lords, lui dit son grand-père.

— Après tout, remarqua lord Fauntleroy, si je ne puis pas devenir Président, et si ce dont vous parlez est une bonne situation, je ne demanderais pas mieux. Le commerce de l'épicerie a des hauts et des bas.

Peut-être réfléchissait-il sur la question, car il demeura très tranquille ensuite et regarda longtemps le feu. Lord Dorincourt ne dit plus rien. Adossé à son fauteuil, il regardait l'enfant. Des pensées nouvelles se pressaient dans l'esprit du vieux gentilhomme. Dougal, étendu de tout son long, s'était endormi, la tête entre ses énormes pattes. Il y eut un long silence.

Une demi-heure plus tard environ, M. Havisham fut introduit. La vaste pièce était silencieuse quand il y pénétra. Le comte était toujours appuyé au dossier de son fauteuil. Il fit un mouvement en voyant M. Havisham et leva la main en un geste d'avertissement — un geste quasi involontaire. Dougal dormait toujours, et, allongé tout près du grand chien, sa tête bouclée reposant sur son bras, dormait aussi le petit lord Fauntleroy.

VI
Le comte et son petit-fils

Quand lord Fauntleroy se réveilla le lendemain matin (il n'avait pas même ouvert les yeux quand on l'avait transporté dans son lit la veille au soir), les premiers bruits dont il eut conscience furent le pétillement d'un feu de bois et de mots prononcés à voix basse.

— Vous aurez soin de n'en point parler, Dawson, murmurait quelqu'un. Il ignore pourquoi elle n'habite pas avec lui, et il ne faut pas qu'il en sache la raison.

— Puisque c'est l'ordre de Sa Seigneurie, madame Mellon, répondit une autre voix, il faut y obéir, j'imagine. Mais pendant que nous sommes entre nous, excusez ma franchise si je me permets de déclarer que c'est une chose barbare de séparer cette jolie petite veuve de sa chair et de son sang... un si beau petit garçon, qui a déjà des airs de gentilhomme ! James et Thomas disaient hier soir à l'office que jamais, au grand jamais, ils n'avaient vu de manières pareilles à celles de ce petit homme, si poli, si gentil, qui s'intéressait à tout comme s'il dînait en compagnie de son meilleur ami. Avec ça, un caractère d'ange ; ce n'est pas comme quelqu'un — excusez-moi, madame — qui, à de certains moments, vous figerait le sang dans les veines. Et pour en revenir à lui, madame Mellon, quand on nous a appelés à la bibliothèque, James et moi, pour le monter dans sa chambre, et que James l'a pris dans ses bras, il était si mignon avec sa belle petite figure toute rose posée sur l'épaule de James, qu'il y avait de quoi vous attendrir.

Et m'est avis que M. le comte n'y était pas insensible, non plus, car il l'a regardé en disant à James : « Faites bien attention de ne pas le réveiller. »

Cédric remua sur son oreiller, se retourna et ouvrit les yeux.

Deux femmes étaient dans la chambre — une pièce toute gaie tendue de perse aux couleurs vives. Il y avait du feu dans la cheminée, et le soleil entrait à flots par les fenêtres encadrées de lierre. Les deux femmes s'approchèrent. Cédric vit que l'une d'elles était Mme Mellon, la gouvernante, et l'autre une personne accorte, d'âge moyen, avec une expression des plus joyeuses et des plus aimables.

— Bonjour, milord, dit Mme Mellon. Avez-vous bien dormi ?

Le petit lord se frotta les yeux et sourit.

— Bonjour, dit-il. Je ne savais plus où j'étais.

— On vous a monté ici tout endormi, milord. Voici Dawson qui doit s'occuper de vous.

Fauntleroy s'assit sur son lit et tendit la main à Dawson comme il l'avait tendue au comte.

— Comment allez-vous, madame ? dit-il. Je vous remercie de bien vouloir vous occuper de moi.

— Vous pouvez l'appeler Dawson, milord, dit la femme de charge en souriant. C'est ainsi qu'on l'appelle toujours.

— Mademoiselle, ou madame Dawson ? demanda le petit lord.

— Simplement Dawson, milord, dit d'un air rayonnant Dawson elle-même. Ni mademoiselle ni madame, Dieu vous bénisse ! Voulez-vous vous lever maintenant et que Dawson vous habille, et puis prendre ensuite votre petit déjeuner dans la *nursery* ?

— Je vous remercie, mais je sais m'habiller tout seul depuis longtemps, répondit Fauntleroy. C'est Chérie qui me l'a appris. Chérie, c'est ma maman. Nous n'avions que Mary pour faire le ménage, la lessive et tout le reste, et, bien entendu, il ne fallait pas lui donner trop d'ouvrage. Je puis aussi faire assez bien ma toilette, si vous voulez seulement examiner les coins quand j'aurai terminé.

Dawson et la femme de charge échangèrent des regards rapides.

— Dawson fera tout ce que vous lui demanderez, dit Mme Mellon.

— Certes oui, dit Dawson de son ton aimable et encourageant. Il s'habillera tout seul s'il le veut, et je resterai là, prête à l'aider quand il aura besoin de moi.

— Merci, répondit lord Fauntleroy. Il y a quelquefois des choses difficiles à boutonner, vous savez ; et alors je suis obligé de demander à quelqu'un de m'aider.

Il trouva Dawson très gentille, et avant la fin du bain et de la toilette ils étaient déjà excellents amis. Il savait déjà qu'elle avait été la femme d'un soldat qui avait été tué dans une vraie bataille, et que son fils, qui était marin, faisait un voyage au long cours et avait eu l'occasion de voir des pirates, des cannibales, des Chinois et des Turcs. Il avait rapporté chez lui des coquillages et des morceaux de corail que Dawson était prête à montrer à Cédric, car elle en avait quelques-uns dans sa malle. Tout cela était très intéressant.

Lorsque Cédric entra, pour y déjeuner, dans la pièce voisine qui était de grandes dimensions et qu'il apprit qu'elle était suivie d'une autre qui faisait également partie de son appartement, le sentiment de sa petitesse le reprit au point qu'il le confia à Dawson en s'asseyant devant la table où était disposé le joli service à déjeuner.

— Je suis bien petit, lui dit-il d'un air songeur, pour vivre dans un si grand château et avoir tant de pièces à moi, ne trouvez-vous pas ?

— Allons, allons ! dit Dawson, vous vous sentez un peu dépaysé pour commencer, voilà tout. Mais cela passera vite, et vous vous plairez beaucoup ici. C'est un si beau château !

— C'est un très beau château, assurément, dit Fauntleroy avec un petit soupir, mais je m'y plairais beaucoup plus si Chérie ne me manquait pas tant. Je prenais toujours mon petit déjeuner avec elle le matin ; je mettais le sucre et le lait dans son thé, et je lui beurrais ses tartines. C'était bien plus agréable que de déjeuner tout seul.

— Eh bien ! dit Dawson d'un ton réconfortant, vous savez que vous pouvez voir votre maman tous les jours, et vous aurez des quantités de choses à lui raconter. Attendez seulement de vous être promené un peu, d'avoir vu les chiens et les écuries avec tous les chevaux. Il y en a un, je le sais, qui vous intéressera particulièrement.

— Vraiment ? s'exclama Fauntleroy. J'aime beaucoup les chevaux. J'aimais beaucoup Jim, le cheval de M. Hobbs, qu'on attelait à la voiture de livraison. C'était une belle bête quand il ne boitait pas.

— Eh bien ! dit Dawson, attendez un peu d'avoir vu ceux qui sont dans les écuries. Mais, j'y pense, vous n'avez même pas encore jeté un coup d'œil dans la pièce à côté !

— Qu'est-ce qu'il y a dedans ? demanda Fauntleroy.

— Dès que vous aurez déjeuné, vous irez voir, dit Dawson.

Sa curiosité ainsi excitée, Cédric se mit en devoir d'absorber son déjeuner. A en juger par l'air important et mystérieux de Dawson, il devait y avoir quelque chose de très intéressant dans la pièce voisine.

— Maintenant, j'ai fini, annonça-t-il quelques minutes plus tard en se laissant glisser de son siège. Puis-je aller voir ?

Dawson fit oui de la tête et se dirigea vers la porte, avec un air plus important et plus mystérieux que jamais.

Cédric commençait à être vraiment intrigué. Dawson ayant ouvert la porte, il s'avança et s'arrêta sur le seuil, émerveillé. Il ne dit rien ; il mit seulement ses mains dans ses poches, et, rouge comme une pivoine, demeura immobile à regarder de tous ses yeux. C'était de surprise et de ravissement qu'il avait rougi. Le spectacle était tel qu'il n'aurait pu manquer de surprendre n'importe quel petit garçon.

Cette pièce était aussi de vastes dimensions, et elle parut à Cédric encore plus belle que les autres, bien que dans un genre différent. Les meubles n'étaient pas anciens et massifs comme ceux des appartements du rez-de-chaussée. Les rideaux, les tapis et les tentures étaient de teintes plus gaies. On y voyait des rayons pleins de livres, et sur les tables étaient disposés toutes sortes de jouets — de beaux jouets ingénieux, pareils à ceux que Cédric avait contemplés avec émerveillement dans les vitrines des magasins de New York.

— Quelle belle salle de jeux ! dit-il enfin quand il eut retrouvé son souffle. A qui tous ces jouets appartiennent-ils ?

— Allez les regarder, dit Dawson. Ils sont à vous !

— A moi ! s'écria-t-il ; à moi ! C'est sûr qu'ils sont à moi ? Qui est-ce qui me les a donnés ?

Et il bondit en avant avec un petit cr ide joie. Cela lui semblait trop beau pour être vrai.

— Ce doit être grand-papa ! fit-il soudain, les yeux brillants comme des étoiles ; je parie que c'est grand-papa !

— Oui, c'est Sa Seigneurie, dit Dawson. Et si vous êtes un petit monsieur bien sage, bien gentil et toujours content, M. le comte vous donnera tout ce que vous lui demanderez.

La matinée passa comme par enchantement. Il y avait tant d'objets à examiner, tant d'expériences à tenter ! Chaque jouet nouveau était si captivant que Cédric avait peine à le quitter pour en regarder un autre. Et c'était si extraordinaire de se dire que tout cela avait été préparé uniquement pour lui, que même avant son départ de New York, des gens étaient venus de Londres pour aménager l'appartement qu'il devait occuper et avaient apporté les livres et les objets les mieux faits pour l'intéresser !

— Avez-vous jamais connu quelqu'un ayant un grand-père aussi bon ? demanda-t-il à Dawson.

Le visage de Dawson eut une expression dubitative. Elle n'avait pas très bonne opinion du comte. Il y avait peu de jours qu'elle était arrivée au château, mais elle y avait passé suffisamment de temps pour entendre le personnel s'entretenir très librement, à l'office, des singularités de Sa Seigneurie.

— De tous les vieux patrons désagréables et de mauvais poil que j'ai eu le malheur de servir, avait déclaré le premier valet de pied, celui-ci est de beaucoup le plus difficile et le plus violent.

Et ce même valet de pied, qui s'appelait Thomas, avait aussi répété à ses camarades du sous-sol quelques-unes des observations du comte à M. Havisham au sujet précisément de ces aménagements.

— Laissez-lui faire ce qu'il veut, et remplissez son appartement de jouets, avait dit Sa Seigneurie. Donnez-lui ce qui peut l'amuser, et il oubliera vite sa mère. Distrayez-le, faites-le penser à autre chose, et il ne nous donnera aucun ennui. Les enfants sont ainsi faits.

Le comte ayant envisagé la chose sous ce jour favorable, peut-être était-il maintenant déçu de s'apercevoir que l'enfant apparemment « n'était pas fait ainsi ». Le vieux gentilhomme avait passé une mauvaise nuit et n'était pas sorti de sa chambre de toute la matinée ; après le déjeuner, il envoya chercher son petit-fils.

Fauntleroy se hâta de se rendre à cet appel. Il descendit l'escalier quatre à quatre, et le comte l'entendit traverser le vestibule en courant. La porte s'ouvrit, et le petit garçon entra, les joues rouges et les yeux brillants.

— J'attendais que vous m'envoyiez chercher, dit-il. J'étais prêt depuis longtemps. Je vous remercie tellement de tous ces jouets ! Cela m'a fait tellement, tellement de plaisir ! Je me suis amusé avec toute la matinée.

— Ah ! fit le comte, ces jouets vous plaisent vraiment ?

— Oh ! oui ; ils sont tous si amusants ! répondit Fauntleroy, le visage épanoui. Il y en a un qui ressemble au base-ball, seulement vous y jouez avec des pions noirs et blancs et vous comptez les points avec des boules qui glissent sur une tige. J'ai essayé de montrer à Dawson comment on y joue, mais elle a du mal à comprendre. Comme elle est une dame, elle n'a jamais joué au base-ball, et je crains de ne pas avoir su très bien lui expliquer la règle du jeu. Mais vous, vous connaissez le base-ball ?

— Je crains que non. C'est un jeu américain, n'est-ce pas ? Quelque chose comme le cricket ?

— Je n'ai jamais vu jouer au cricket, dit Fauntleroy, mais M. Hobbs m'a emmené voir plusieurs fois des parties de base-ball. C'est un jeu magnifique et passionnant ! Voulez-vous que j'aille chercher mon jeu pour vous le montrer ? Peut-être que cela vous distraira et vous fera oublier votre pied. Est-ce que votre pied vous fait très mal, ce matin ?

— Plus que je ne voudrais.

— Alors, peut-être que vous ne pouvez pas l'oublier, fit le petit garçon d'un air inquiet ; et peut-être que cela vous ennuiera que je vous explique ce jeu. Pensez-vous que cela vous amuserait ou que cela vous ennuierait ?

— Allez toujours le chercher, dit le comte.

C'était à coup sûr pour lui une distraction inédite que la compagnie d'un enfant qui offrait de lui apprendre des jeux inconnus, mais cette nouveauté même l'amusait. Il y avait une ombre de sourire sur ses lèvres lorsque Cédric revint, le visage animé, portant dans ses bras la boîte qui contenait le jeu.

— Puis-je tirer cette petite table à côté de votre fauteuil ? demanda-t-il.

— Sonnez Thomas, dit le comte ; il vous la placera.

— Oh ! je puis le faire moi-même, répondit Fauntleroy ; elle n'est pas bien lourde.

— Très bien ! dit son grand-père.

Le sourire se dessina davantage sur le visage du vieillard tandis qu'il regardait le petit bonhomme faire ses préparatifs avec ardeur. La table volante fut traînée près du fauteuil, le jeu tiré de sa boîte et disposé sur la table.

— C'est très intéressant, une fois qu'on a compris, dit Fauntleroy. Vous prenez les pions noirs, et moi les blancs. Ils représentent les joueurs, vous comprenez. Chaque fois qu'un de vos pions fait le tour du terrain et arrive au but, vous comptez un point. Les pions de votre adversaire se placent ici. Voici la première base, la deuxième et la troisième ; et voilà le but.

Il expliqua tous les détails de la règle du jeu avec la plus grande animation. Il mima toutes les attitudes du lanceur, du gobeur et du batteur dans le vrai jeu, et donna une dramatique description d'un coup superbe auquel il avait assisté le jour mémorable où il était allé voir un match de base-ball en compagnie de M. Hobbs. C'était plaisir de voir ce petit garçon au corps vigoureux et souple gesticuler avec ardeur, c'était plaisir de voir son joyeux entrain.

Quand les explications furent enfin terminées, le jeu commença pour de bon et le comte lui-même y trouva de l'intérêt. Son jeune compagnon s'y donnait de tout son cœur. Ses petits rires joyeux lorsqu'il faisait un bon coup, son enthousiasme à chaque tour de piste réussi, le plaisir impartial qu'il prenait à constater sa chance ou celle de son adversaire auraient donné de la saveur à n'importe quel jeu.

Si quelqu'un avait dit, huit jours plus tôt, à lord Dorincourt que, cet après-midi-là, il oublierait sa goutte et sa mauvaise humeur grâce à un jeu d'enfant joué avec des pions de bois noirs et blancs sur un carton colorié, en compagnie d'un petit garçon en culotte courte, nul doute qu'il n'eût accueilli cette prédiction d'un air mal gracieux. Et cependant, il avait certainement oublié ses souffrances et ses sujets de contrariété lorsque la porte s'ouvrit et que Thomas annonça un visiteur.

Le visiteur en question, vieux monsieur vêtu de noir qui n'était rien moins que le recteur de la paroisse, fut tellement surpris par le spectacle qui s'offrait à sa vue qu'il recula d'un pas, risquant ainsi d'entrer en collision avec Thomas qui était derrière lui.

De fait, parmi tous les devoirs de sa charge, le révérend M. Mordaunt ne trouvait rien de plus déplaisant que l'obligation de se rendre de temps à autre au château pour faire visite au noble châtelain. Il faut dire que le noble châtelain rendait ces visites aussi pénibles qu'il était en son noble pouvoir de le faire. Il détestait les œuvres religieuses et charitables et entrait dans de violentes colères chaque fois que l'un ou l'autre de ses tenanciers se permettait d'être malade ou de tomber dans la misère et s'avisait d'avoir besoin de secours. Les jours où la goutte le faisait particulièrement souffrir, le comte déclarait sans ambages qu'il n'entendait pas être importuné par toutes ces histoires. Lorsque sa goutte lui laissait quelque répit et qu'il se trouvait dans un état d'esprit un peu plus humain, il donnait de l'argent au recteur, non sans avoir quelque peu tarabusté le digne homme et envoyé au diable la paroisse entière. Mais quelle que fût son humeur, il ne manquait jamais de tenir des discours sarcastiques qui auraient donné au révérend Mordaunt une furieuse envie de lui jeter quelque chose à la tête si ce geste avait été compatible avec la dignité ecclésiastique et la charité chrétienne. Durant les longues années où il avait exercé son ministère dans la paroisse de Dorincourt, M. Mordaunt ne se rappelait pas avoir vu Sa Seigneurie montrer spontanément, par un acte de générosité, qu'elle pensait à d'autres qu'à elle-même.

Il venait aujourd'hui trouver le comte pour lui parler d'un cas particulièrement urgent, et tandis qu'il montait l'avenue, il envisageait cette visite avec plus de crainte encore que de coutume. En premier lieu, il savait que lord Dorincourt souffrait de sa goutte depuis plusieurs jours et qu'il montrait une humeur si abominable que l'écho en était parvenu au bourg, par l'intermédiaire d'une jeune domestique du château dont la sœur tenait un petit magasin où elle gagnait honnêtement sa vie à débiter du fil, des aiguilles, des pastilles de menthe et des commérages. Ce que Mme Dibble ne savait pas sur le château et ses habitants, les fermes et leurs occupants, sur le bourg et sa population, ne valait réellement pas la peine qu'on en parlât. Et, bien entendu, elle n'ignorait rien de ce qui se passait au château, car sa sœur Jane était l'une des principales femmes de chambre et s'entendait très bien avec Thomas.

— On n'a pas idée des manières de Sa Seigneurie, confiait Mme Dibble par-dessus son comptoir. Et son langage, donc ! M. Thomas le disait lui-même à Jane ; c'est plus qu'une personne en service n'en peut supporter.

Croiriez-vous que M. le comte a jeté une assiette de rôties à la tête de M. Thomas lui-même il n'y a pas plus de deux jours ! Si la situation n'avait pas des côtés agréables et si la société à l'office n'était pas aussi choisie, M. Thomas aurait donné son congé sur l'heure.

Le recteur était au courant de tout cela, car le comte était considéré comme une sorte de croque-mitaine dans les fermes et les chaumières, et ses emportements fournissaient à plus d'une bonne dame un sujet de conversation quand elle offrait une tasse de thé à ses voisines.

La seconde raison était plus grave encore, car elle venait d'un fait nouveau qui avait provoqué des commentaires passionnés.

Qui ne se rappelait la fureur du vieux gentilhomme quand son plus jeune fils avait épousé une Américaine ? Qui ne savait avec quelle dureté il avait traité le capitaine, et comment ce grand jeune homme aimable et souriant, le seul membre de la famille qui fût aimé de tous, était mort en pays étranger, pauvre, et sans avoir pu rentrer en grâce auprès de son père ? Qui ne savait à quel point le comte détestait la pauvre jeune créature qui avait été la femme de ce fils, combien la pensée qu'elle avait un enfant lui était odieuse, et comme il était resté déterminé à ne point voir le petit garçon jusqu'au moment où ses deux fils aînés étaient morts, le laissant sans héritier ? Et maintenant, qui ne savait qu'il attendait avec froideur l'arrivée de son petit-fils, dans la persuasion que cet enfant devait être vulgaire, effronté, et plus propre à jeter une ombre sur son noble nom qu'à le bien porter ?

L'irascible et orgueilleux vieillard croyait avoir gardé ses pensées secrètes. Il n'imaginait pas que personne pût avoir l'audace d'essayer de les deviner, et moins encore de discuter ses sentiments et ses craintes. Malgré tout, ses domestiques l'observaient, savaient interpréter l'expression de sa physionomie, ses accès d'impatience et ses humeurs sombres, et s'en entretenaient ensuite à l'office. Pendant que le comte se croyait à l'abri de l'intérêt indiscret du vulgaire, Thomas racontait à Jane, au cuisinier, au maître d'hôtel, aux femmes de chambre et aux autres valets de pied, qu'à son sens le vieux se tracassait plus qu'à l'ordinaire au sujet du fils du capitaine, et craignait qu'il ne fît pas honneur à la famille.

— Et, ma foi, tant pis pour lui ! ajoutait Thomas. C'est bien sa faute. Que peut-on attendre d'un enfant élevé je ne sais comment dans un pays de rien comme l'Amérique ?

En marchant sous les grands arbres, le révérend Mordaunt s'était rappelé que le petit garçon inconnu était justement arrivé la veille au soir au château. Si les pires craintes de Sa Seigneurie s'étaient réalisées, il y avait des chances pour que le comte fût encore dans une rage violente et prêt à exhaler son amertume sur le premier visiteur venu, lequel serait, fort probablement, la révérende personne du pasteur.

On peut juger de la stupéfaction de M. Mordaunt lorsque, à l'instant où Thomas ouvrait la porte, un rire joyeux d'enfant vint frapper ses oreilles.

— En voilà deux hors du jeu ! criait une petite voix claire. Vous voyez, voilà deux pions hors du jeu !

Le comte était bien là, dans son fauteuil, le pied sur son tabouret. Il y avait à côté de lui une petite table, un jeu sur la petite table ; et tout contre le vieillard, appuyé sur son bras et son genou valide, se tenait un petit garçon dont le visage rayonnait et les yeux dansaient de plaisir.

— Deux pions hors du jeu ! criait le petit garçon. Vous n'avez pas de chance, cette fois !

Et alors, le grand-père et le petit-fils s'aperçurent en même temps que quelqu'un était entré dans la pièce.

Le comte tourna la tête en fronçant ses épais sourcils, selon son habitude, et M. Mordaunt fut tout surpris de lui voir une expression moins bourrue que de coutume, alors qu'il s'attendait à tout le contraire. A la vérité, le vieux gentilhomme paraissait avoir oublié sa rudesse habituelle et la façon dont il savait si bien se montrer désagréable quand il en avait envie.

— Eh ! fit-il de sa voix sèche, mais en tendant la

main avec une certaine bonne grâce. Bonjour, Mordaunt. J'ai trouvé une nouvelle occupation, vous le voyez.

Il posa l'autre main sur l'épaule de Cédric. Sans doute, au fond du cœur, éprouvait-il une orgueilleuse satisfaction à présenter un tel héritier, et ses yeux eurent comme une lueur de joie tandis qu'il poussait légèrement en avant le petit garçon.

— Je vous présente le nouveau lord Fauntleroy, dit-il.
— Fauntleroy, voici M. Mordaunt, le recteur de la paroisse.

Fauntleroy regarda le recteur et lui tendit la main.

— Je suis enchanté de faire votre connaissance, monsieur, dit-il, en se rappelant les termes qu'il avait entendu M. Hobbs employer dans une ou deux circonstances pour souhaiter cérémonieusement la bienvenue à un nouveau client.

Cédric savait qu'il fallait montrer une politesse toute spéciale quand on s'adressait à un ecclésiastique.

M. Mordaunt conserva un moment la petite main dans la sienne, en regardant le visage de l'enfant avec un sourire involontaire. Ce petit homme lui plut sur-le-champ, comme, en fait, il plaisait toujours à tout le monde. Ce n'était pas la beauté de l'enfant qui le charmait le plus, mais la gentillesse spontanée qui donnait à ses paroles, si peu enfantines, un accent d'aimable sincérité. En regardant Cédric, le recteur oublia complètement le comte. Il n'y a pas d'influence au monde plus puissante que celle d'un cœur généreux ; la seule présence de cet enfant semblait avoir rendu plus claire et plus gaie l'atmosphère de cette grande salle.

— Moi aussi, je suis ravi de faire votre connaissance, lord Fauntleroy, dit le recteur. Vous avez fait un bien long voyage pour venir jusqu'à nous. Beaucoup de gens seront contents d'apprendre votre heureuse arrivée.

— Oh ! oui, c'était un long voyage ! répondit Fauntleroy. Mais Chérie était avec moi et je ne me suis pas ennuyé. On ne s'ennuie jamais quand on a sa maman avec soi ; et puis le bateau était très beau.

— Prenez un siège, Mordaunt, dit le comte.

M. Mordaunt s'assit, et ses yeux allèrent de Fauntleroy au vieillard.

— Je vois qu'on peut vous féliciter, monsieur le comte, dit-il avec chaleur.

Mais le vieillard, de toute évidence, n'avait pas l'intention de livrer ses sentiments à ce sujet.

— Il ressemble à son père, dit-il d'un ton brusque. Espérons que dans l'avenir il se conduira d'une façon plus satisfaisante.

Puis il ajouta :

— Quoi de neuf ce matin, Mordaunt ? Chez qui les choses vont-elles de travers ?

L'entretien s'engageait sous de meilleurs auspices que ne l'avait prévu M. Mordaunt. Cependant il hésita une seconde avant de prendre la parole.

— Il s'agit d'Higgins, dit-il ; Higgins, de la ferme des Crêtes. Il a eu bien des épreuves depuis quelque temps. Il a été lui-même malade l'automne dernier, et ses enfants viennent d'avoir la scarlatine. Je ne puis pas dire que ce soit un cultivateur remarquable, mais il a eu beaucoup de malchance, et forcément il se trouve en retard de toutes manières. Ce qui le tourmente surtout en ce moment, c'est son loyer. Newick lui a dit que s'il ne le payait pas, il lui faudrait quitter la ferme ; et, bien entendu, ce serait pour lui la ruine. Sa femme est malade, et il est venu hier me prier de vous demander un délai. Il pense que si vous le lui accordiez, il pourrait se rattraper.

— C'est ce qu'ils s'imaginent tous, observa le comte d'un air bourru.

Fauntleroy fit un mouvement en avant. Debout entre son grand-père et le visiteur, il avait écouté de toutes ses oreilles. Il s'était tout de suite intéressé à Higgins. Il se demandait combien d'enfants il avait et si la fièvre scarlatine les avait rendus très malades. Ses yeux étaient fixés sur M. Mordaunt avec un vif intérêt.

— Higgins est un homme bien intentionné, poursuivit le recteur, s'efforçant de trouver des arguments en faveur de sa cause.

— C'est un fermier plus que médiocre, répliqua Sa Seigneurie. Et il est toujours en retard, d'après ce que me dit Newick.

— Il est très tourmenté en ce moment, dit le recteur. Il aime beaucoup sa femme et ses enfants, et si on lui reprend la ferme, ils n'auront littéralement plus de quoi manger. Il ne peut leur donner tout ce dont ils ont besoin. Deux des enfants ont été très affaiblis par la scarlatine, et le médecin leur prescrit du vin et une nourriture fortifiante qu'Higgins n'a pas le moyen de leur procurer.

Fauntleroy fit un pas en avant.

— C'était la même chose pour Michaël, dit-il.

Le comte sursauta légèrement.

— Je ne pensais plus à vous, dit-il. Je ne pensais plus que nous avions ici un philanthrope. Qui est Michaël ?

Et une lueur d'amusement passa de nouveau dans les yeux du vieux gentilhomme.

— C'est le mari de Brigitte, et il avait eu la fièvre, répondit Fauntleroy. Il ne pouvait pas payer son loyer, ni s'acheter du vin et d'autres bonnes choses, quand vous m'avez donné de l'argent pour lui venir en aide.

Lord Dorincourt eut un froncement de sourcils bizarre qui, cette fois, n'avait rien de farouche. Il jeta un coup d'œil à M. Mordaunt.

— Je ne sais pas quelle sorte de propriétaire ce garçon fera, observa-t-il. J'avais dit à Havisham de lui donner ce qui lui ferait plaisir ; et ce qu'il a préféré, semble-t-il, c'est de l'argent pour le donner à des mendiants.

— Oh ! mais ce ne sont pas des mendiants ! s'écria vivement Fauntleroy. Michaël est un excellent maçon ! et tous travaillaient.

— Oh ! répéta le comte, ce n'étaient pas des mendiants... C'étaient d'excellents maçons, d'excellents cireurs de bottes, d'excellentes marchandes de pommes.

Durant quelques secondes il considéra l'enfant en silence. Une idée nouvelle lui venait, et bien qu'elle ne fût peut-être pas déterminée par les sentiments les plus nobles, ce n'était pas une mauvaise idée.

110

— Venez ici, finit-il par dire.

Fauntleroy approcha autant qu'il lui était possible de le faire sans risquer de heurter le pied goutteux.

— Qu'est-ce que vous feriez dans le cas présent, vous ? demanda Sa Seigneurie.

Il faut reconnaître que M. Mordaunt éprouva en cet instant une sensation singulière. Cet homme réfléchi, qui avait passé de nombreuses années dans le domaine de Dorincourt, connaissait tous les tenanciers, riches et pauvres, tous les habitants du bourg, travailleurs ou paresseux, honnêtes ou malhonnêtes ; il se rendait donc compte du pouvoir pour le bien ou pour le mal que posséderait un jour le petit garçon au regard décidé qui se tenait devant lui, les mains enfoncées dans les poches ; et l'idée lui vint que par le caprice d'un vieillard orgueilleux et volontaire, il était possible qu'une bonne part de ce pouvoir passât dès maintenant à ce jeune garçon. Si lord Fauntleroy n'avait pas une nature simple et généreuse, ce pouvait être une chose détestable, non seulement pour les autres, mais aussi pour lui-même.

— Et vous, que feriez-vous dans un cas de ce genre ? insista le comte.

Fauntleroy se rapprocha un peu de son grand-père et lui posa la main sur le genou dans un geste plein de confiance.

— Si j'étais très riche, dit-il, et que je ne sois pas un petit garçon, je permettrais à Higgins de rester et je donnerais les choses qu'il faut pour ses enfants. Mais voilà, je ne suis qu'un petit garçon.

Alors, après une seconde de silence pendant laquelle son visage s'éclaira :

— Mais vous, vous pouvez faire n'importe quoi, n'est-ce pas ? ajouta-t-il.

— Hem ! fit le comte en le regardant fixement, c'est là votre opinion ?

Il n'en paraissait point fâché, d'ailleurs.

— Je veux dire que vous pouvez donner n'importe quoi à n'importe qui, dit Fauntleroy. Qui est Newick ?

— C'est mon régisseur, et il ne plaît pas beaucoup à certains de mes fermiers.

— Est-ce que vous voulez lui écrire tout de suite ? demanda Fauntleroy. Voulez-vous que je vous apporte une plume et de l'encre ? Je puis retirer le jeu de la table.

Evidemment, il ne lui était pas venu une seconde à l'esprit que Newick serait laissé libre de pousser les choses au pire.

Lord Dorincourt attendit un moment sans cesser de le regarder.

— Savez-vous écrire ? demanda-t-il.

— Oui, répondit Cédric, mais pas très bien.

— Retirez ce qu'il y a sur la table, ordonna le comte, et apportez la plume et l'encre, et une feuille de papier que vous prendrez sur mon bureau.

M. Mordaunt se sentait de plus en plus vivement inté-ressé.

Fauntleroy fit avec dextérité ce qu'on lui avait dit. En peu d'instants, la feuille de papier, la plume et le gros encrier furent prêts.

— Voilà ! dit-il gaiement. Maintenant vous pouvez écrire la lettre.

— Mais c'est vous qui allez l'écrire, dit le comte.

— Moi ! s'exclama Fauntleroy qui devint rouge comme une pivoine. Est-ce que cela fera la même chose si c'est moi qui l'écris ? Je ne mets pas très bien l'orthographe quand je n'ai pas de dictionnaire et que personne ne m'épelle les mots difficiles.

— Cela ira tout de même, répondit le vieillard. Hig-gins ne se plaindra pas de l'orthographe. Ce n'est pas moi le philanthrope, c'est vous. Trempez la plume dans l'encre.

Fauntleroy prit la plume et la trempa dans l'encrier, puis s'appuyant sur la table, il se mit en bonne position pour écrire.

— Maintenant, demanda-t-il, que dois-je mettre ?

— Vous pouvez dire : « Ne vous occupez pas d'Hig-gins pour le moment », et signez : « Fauntleroy », dit le comte.

Fauntleroy replongea sa plume dans l'encre et, posant son bras sur la table, se mit à écrire. Ce fut une opération sérieuse et plutôt lente ; mais le petit garçon s'y appliquait de tout son cœur. Au bout d'un moment, cependant, la lettre fut terminée, et Cédric la tendit à son grand-père avec un sourire un peu inquiet.

— Croyez-vous que cela puisse aller ? demanda-t-il.

Le comte regarda la lettre, et les coins de sa bouche se soulevèrent un peu.

— Oui, répondit-il ; Higgins trouvera cela tout à fait satisfaisant.

Et il la passa à M. Mordaunt.

Voici ce que lut M. Mordaunt :

« Cher Monsieur Newick

« Sil vous plaît ne vous ocupai pas de M. Higgins pour le momant. Avec mes remerciment.

« Respectueuzement votre

« FAUNTLEROY »

— M. Hobbs signait toujours ses lettres de cette façon, expliqua Fauntleroy, et j'ai pensé qu'il valait mieux ajouter « s'il vous plaît ». Est-ce bien ainsi qu'il faut écrire « occupez » ?

— Ce n'est pas exactement l'orthographe donnée par le dictionnaire, répondit le comte.

— Je le craignais, dit Fauntleroy. J'aurais dû vous le demander. Voyez-vous, c'est ce qui arrive souvent avec les mots de plus d'une syllabe ; il faut regarder dans le dictionnaire. C'est toujours plus sûr. Je vais recommencer.

Il recommença donc la lettre et en fit une copie soignée, prenant soin de se renseigner en matière d'orthographe auprès du comte lui-même.

— L'orthographe est une chose bizarre, observa-t-il. Il y a tant de mots qui s'écrivent autrement qu'on ne s'y attend ! C'est quelquefois très déconcertant.

Lorsque M. Mordaunt se retira, il emporta la lettre ; il emportait aussi autre chose, à savoir une impression agréable et pleine d'optimisme, telle qu'il n'en avait jamais ressenti jusqu'alors en redescendant l'avenue après ses visites au château de Dorincourt.

Quand il fut parti, Fauntleroy, qui l'avait reconduit à la porte, revint près de son grand-père.

— A présent, puis-je aller trouver Chérie ? dit-il. Je crois qu'elle doit m'attendre.

Le comte commença par garder le silence.

— Vous avez d'abord quelque chose à aller voir à l'écurie, dit-il enfin. Tirez la sonnette.

— Je vous remercie, dit Fauntleroy en rougissant subitement ; mais je crois que je ferais mieux d'aller voir cela demain. Chérie doit m'attendre.

— Très bien ! dit le grand-père. Nous allons commander la voiture.

Puis il ajouta sèchement :

— C'est un poney.

Fauntleroy ouvrit de grands yeux.

— Un poney ! s'exclama-t-il. Le poney de qui ?

— Le vôtre, répondit le comte.

— Le mien ! s'écria le petit garçon. Il est à moi ?... comme toutes les jolies choses de là-haut ?

— Oui, fit son grand-père. Aimeriez-vous le voir tout de suite ? Je puis donner l'ordre qu'on l'amène devant le château.

Les joues de Fauntleroy devenaient de plus en plus rouges.

— Jamais je ne m'étais figuré que j'aurais un poney, dit-il, jamais, jamais !... Comme Chérie va être contente ! Que de choses vous me donnez !

— Avez-vous envie de le voir, ce poney ?

Fauntleroy prit une longue respiration.

— J'ai très, très envie de le voir, dit-il. J'en ai tellement envie que c'est tout juste si j'ai le courage d'attendre, mais je crois que ce n'est pas le moment.

— Faut-il absolument que vous alliez voir votre mère cet après-midi ? demanda le comte. Vous croyez que vous ne pouvez pas remettre votre visite à demain ?

— Oh ! non, dit Fauntleroy. Elle a dû penser à moi toute la matinée, comme moi-même je pensais à elle.

— Ah ! fit le vieillard, s'il en est ainsi, tirez la sonnette.

Tandis qu'ils descendaient l'avenue en voiture, le comte resta plutôt silencieux. Mais il n'en était pas de même de Fauntleroy. Il parlait du poney. De quelle couleur était-il ? De quelle taille ? Comment s'appelait-il ? Quel âge avait-il ? Qu'est-ce qu'il mangeait ? A quelle heure Cédric pourrait-il se lever, le lendemain matin, pour aller le voir ?

— Chérie sera si contente ! répétait-il. Elle vous sera reconnaissante d'être si bon pour moi. Elle sait combien j'ai toujours aimé les poneys, mais nous n'avions jamais imaginé que je pourrais en avoir un à moi. Il y avait un petit garçon de la Cinquième Avenue qui avait un poney. Il le montait tous les matins, et nous allions souvent faire un tour de ce côté-là pour le voir.

Il s'adossa aux coussins et demeura quelques instants en contemplation devant le comte.

— Personne au monde n'est meilleur que vous, j'en suis sûr ! s'écria-t-il au bout d'un moment. Vous passez votre temps à faire du bien et à penser aux autres, n'est-ce pas ? Chérie dit que c'est la meilleure façon d'être bon : ne pas penser à soi, mais aux autres. Et c'est toujours ce que vous faites, dites ?

Lord Dorincourt était si stupéfié de se voir représenté sous de si agréables couleurs, qu'il ne savait plus que dire. Il lui fallait le temps de la réflexion. C'était chose étrange que de voir chacun de ses mobiles égoïstes transformé par l'ingénuité d'un enfant en une impulsion bonne et généreuse.

Continuant à fixer sur son grand-père le regard admiratif de ses grands yeux clairs et innocents, Fauntleroy poursuivit :

— Vous avez rendu beaucoup de gens heureux. D'abord Brigitte, Michaël et leurs dix enfants, et puis la marchande de pommes, Dick, M. Hobbs, et encore M. Higgins, Mme Higgins et leurs enfants, et M. Mordaunt, — car il était sûrement très content, — et Chérie et moi, à cause du poney et de tout le reste. J'ai compté sur mes doigts ; cela fait vingt-sept personnes que vous avez rendues heureuses. C'est beaucoup, vingt-sept personnes !

— Et c'est moi qui ai rendu heureux tous ces gens-là, vous en êtes sûr ?

— Mais oui, répondit Fauntleroy, vous les avez tous rendus heureux. Savez-vous, continua-t-il, après une légère hésitation, que les gens se font parfois de drôles d'idées sur les comtes, quand ils ne les connaissent pas. M. Hobbs, par exemple. Je vais lui écrire et je lui raconterai tout.

— Quelle était l'opinion de M. Hobbs sur les comtes ? demanda Sa Seigneurie.

— Il faut vous dire, répondit son jeune compagnon, que M. Hobbs ne connaissait pas un seul comte ; il avait seulement lu des choses sur eux dans des livres. Il croyait, — mais ne vous mettez pas en peine pour cela, — il croyait que c'étaient des tyrans altérés de sang et disait qu'il ne voudrait pas en voir rôder autour de son magasin. Mais s'il vous avait connu, vous, je suis sûr qu'il aurait pensé autrement. Je lui parlerai de vous.

— Qu'est-ce que vous lui raconterez ?

— Je lui dirai, reprit Fauntleroy rayonnant d'enthousiasme, que vous êtes l'homme le meilleur et le plus généreux que j'aie jamais vu ; et que vous pensez toujours aux autres pour les rendre heureux, et que... et que j'espère bien que, plus tard, je serai tout à fait comme vous.

— Tout à fait comme moi ! répéta le comte en regardant le petit visage enflammé.

Une vague rougeur colora son épiderme fané et, détournant brusquement les yeux, il regarda par la portière les grands hêtres et leurs feuillages rougeâtres qui luisaient sous les rayons du soleil.

— Tout à fait comme vous, répéta Fauntleroy.

Il ajouta modestement :

— Si je puis. Peut-être que je n'y arriverai pas, mais j'essaierai toujours.

La voiture descendait l'avenue imposante sous les beaux

arbres aux grosses branches, traversant tour à tour des espaces d'ombre verte et des bandes de lumière dorée. Fauntleroy revit les endroits charmants tapissés de fougères ou de jacinthes bleues agitées par la brise ; il aperçut, debout ou couchés dans l'herbe épaisse, les chevreuils qui tournaient leurs grands yeux surpris au passage de la voiture ; il entrevit des fuites éperdues de petits lapins gris. Il entendit le frou-frou d'ailes des perdrix et les appels et les chants d'oiseaux ; et tout cela lui sembla encore plus enchanteur que la veille. Cette beauté qui l'entourait de toutes parts emplissait son cœur de joie. De son côté, le vieux gentilhomme, bien qu'il parût regarder aussi par la portière, voyait et entendait des choses fort différentes. Il voyait une longue existence dépourvue de pensées généreuses et d'actes de bonté ; il voyait des années au cours desquelles un homme, alors jeune et riche, avait employé sa force et sa jeunesse, sa puissance et sa fortune à contenter uniquement ses propres désirs et à tuer le temps au fur et à mesure que se succédaient les jours et les années. Il voyait cet homme, devenu vieux, mener une existence triste et solitaire au milieu de ses immenses domaines. Il voyait des gens qui le détestaient ou le craignaient, d'autres qui le flattaient ou s'aplatissaient devant lui ; mais pas un de ceux qui l'entouraient ne se souciait de sa vie ou de sa mort, sauf dans la mesure où ils avaient quelque chose à y gagner ou à y perdre. Le comte regardait ces vastes terres qui lui appartenaient en pensant à des choses qu'ignorait Fauntleroy : à l'étendue de ce domaine, à la richesse qu'il représentait et au grand nombre de familles établies sur son sol. Et il savait une chose que Fauntleroy ignorait également, c'est que dans toutes ces familles, humbles ou aisées, il n'y avait sans doute pas une seule personne qui, tout en enviant sa fortune, son titre et sa grandeur, eût songé une seconde à qualifier de « bon » le noble possesseur de tous ces biens ou à souhaiter lui ressembler, comme venait de le faire ce petit garçon à l'âme candide.

Ceci n'était pas un sujet de réflexions particulièrement agréable, même pour un vieillard égoïste et sceptique qui, durant soixante-dix ans, ne s'était préoccupé que de lui-même et n'avait jamais daigné se soucier de l'opinion du monde à son égard tant que cette opinion n'avait rien à faire avec son bien-être ou ses distractions. A vrai dire, il n'avait jamais jugé à propos de réfléchir à ces questions, et s'il le faisait à présent, c'était uniquement parce qu'un enfant l'avait cru meilleur qu'il n'était ; et le souhait, exprimé par son petit-fils, de suivre ses traces illustres et d'imiter son exemple l'avait conduit à se poser cette singulière question : « Etait-il vraiment quelqu'un qu'on pût prendre pour modèle ? »

A voir comment son grand-père fronçait les sourcils, Fauntleroy pensa qu'il devait souffrir de son pied ; dans cette pensée, il prit soin de ne pas le déranger et se contenta de jouir en silence de la vue des arbres, des fougères et des chevreuils. Mais l'équipage, ayant franchi la grille et roulé doucement sur des chemins gazonnés, s'arrêta bientôt. Ils étaient arrivés au pavillon de Court Lodge ; et à peine le grand valet de pied avait-il ouvert la portière que Fauntleroy fut à terre.

Le comte sortit en sursaut de sa songerie.

— Quoi ! dit-il. Sommes-nous donc arrivés ?

— Oui, dit Fauntleroy. Je vais vous donner votre canne. Vous n'avez qu'à vous appuyer sur moi pour descendre.

— Je ne descends pas de voiture, répliqua brusquement Sa Seigneurie.

— Vous ne... vous ne venez pas voir Chérie ? s'exclama Fauntleroy d'un air stupéfait.

— Chérie m'excusera, dit sèchement le comte. Allez lui raconter que même la vue d'un nouveau poney n'a pu vous retenir.

— Elle va être déçue, dit Fauntleroy. Elle doit avoir très envie de vous voir.

— Je crains que non, dit le comte. La voiture s'arrêtera au retour pour vous prendre. — Thomas, dites à Jeffries de repartir.

Thomas ferma la portière ; et Fauntleroy, après avoir montré un visage surpris, monta l'allée en courant.

Comme M. Havisham précédemment, le comte eut l'occasion de voir une paire de belles petites jambes solides franchir l'espace avec une étonnante rapidité. Evidemment le possesseur de ces jambes n'avait aucune intention de perdre du temps. L'équipage s'éloigna au pas, mais le comte ne s'adossa pas tout de suite aux coussins ; il continuait à regarder par la portière. Une trouée dans les arbres lui permettait de voir la porte de la maison ; elle était grande ouverte. La petite silhouette enfantine grimpa les marches ; une autre silhouette mince et jeune, vêtue de noir, accourut à sa rencontre. Fauntleroy se jeta dans les bras de sa mère, se pendit à son cou et couvrit de baisers le jeune et doux visage.

VII
A l'église

Le dimanche qui suivit, M. Mordaunt eut une belle assistance. En vérité, il ne se rappelait pas de dimanche où il eût vu son église si remplie. Des gens étaient là qui lui faisaient rarement l'honneur de venir écouter ses sermons. Il en était même venu d'Hazelton, la paroisse voisine ; de robustes fermiers au teint hâlé, des fermières rondelettes aux joues fraîches comme des pommes, qui avaient mis leurs plus beaux bonnets et leurs châles de cérémonie, chaque couple entouré d'une demi-douzaine d'enfants. La femme du docteur était là avec ses quatre filles. M. et Mme Kimsey, qui tenaient la boutique de droguiste et préparaient des pilules et des poudres pour tous les environs à dix milles à la ronde, étaient à leur banc. Mme Dibble était dans le sien ; Miss Smiff, la couturière du bourg, et son amie Miss Perkins, la modiste, dans le leur. L'aide du docteur était présent ainsi que le commis du droguiste. En fait, d'une façon ou d'une autre, presque toutes les familles du lieu étaient représentées.

Au cours de la semaine précédente, beaucoup d'histoires merveilleuses avaient couru au sujet du petit lord Fauntleroy. Mme Dibble avait été si occupée à servir les clients qui venaient acheter pour deux sous d'aiguilles ou un sou de rat de cave, afin d'apprendre les nouvelles, que la petite sonnette de la porte d'entrée n'avait cessé de tintinnabuler tout le jour. Mme Dibble savait comment l'appartement du petit lord avait été meublé exprès pour lui et quels jouets coûteux avaient été achetés pour Sa jeune Seigneurie ; elle savait qu'à l'écurie un joli poney brun, avec un petit groom pour s'en occuper, attendait le jeune lord, et que, dans la remise, il y avait un petit dog-cart avec un harnais au mors et aux gourmettes d'argent. Elle savait aussi tout ce qu'avaient raconté les domestiques après avoir aperçu l'enfant, le soir de son arrivée. Elle savait que le personnel féminin avait déclaré à l'office que c'était une honte, une véritable honte de séparer le pauvre mignon de sa maman, et que cela serrait vraiment le cœur de le voir pénétrer tout seul dans la bibliothèque pour se présenter à son grand-père. « Car, pouvait-on savoir comment il serait accueilli ? Les accès d'humeur de M. le comte suffisaient à démonter les grandes personnes, à plus forte raison un enfant. »

— Mais, croyez-moi si vous le voulez, madame Jennifer, avait dit Mme Dibble, cet enfant ne semble pas savoir ce que c'est que la crainte. C'est M. Thomas lui-même qui l'a dit ; il avait, paraît-il, un petit sourire tranquille et a tout de suite entamé la conversation avec Sa Seigneurie, comme s'ils étaient des amis de toujours. Le comte était si abasourdi qu'il restait sans rien dire, à le regarder à l'abri de ses gros sourcils. Et c'est l'opinion de M. Thomas, madame Bates, que dur comme il est, le comte était satisfait, et fier aussi, car, d'après ce que dit M. Thomas, on ne voit pas souvent un si joli petit garçon avec de si jolies manières.

Et là-dessus arrivait l'histoire d'Higgins. M. Mordaunt l'avait racontée chez lui à table, et la servante, qui l'avait entendue, l'avait répétée à la cuisine et de là elle s'était répandue dans le village comme une traînée de poudre. Dès qu'Higgins avait paru au bourg, le jour du marché, il avait été harcelé de questions. On avait également interrogé Newick qui, en réponse, avait montré à deux ou trois personnes la lettre signée : *Fauntleroy.*

En faisant leurs courses dans les boutiques du bourg, les fermières avaient donc un ample sujet de conversation, et elles ne s'étaient pas fait faute de le traiter à fond. Le dimanche suivant, elles s'étaient rendues à l'église, qui à pied, qui en cabriolet, escortées de leurs époux, un brin curieux eux-mêmes de voir le nouveau petit lord qui serait un jour propriétaire du sol qu'ils cultivaient.

Le comte n'avait pas l'habitude de fréquenter assidûment l'église, mais ce premier dimanche il décida de se rendre à l'office, parce qu'il éprouvait le désir de se montrer dans le grand banc seigneurial avec Fauntleroy à ses côtés.

Il y avait beaucoup de flâneurs dans le cimetière, ce matin-là, et beaucoup de retardataires dans le chemin. Des groupes s'étaient formés devant le porche de l'église, où l'on discutait la possibilité de la venue du comte à l'église. Au plus fort de ces échanges de vue, une bonne femme poussa soudain une exclamation.

— Eh ! fit-elle, c'est sans doute sa mère qui arrive là-bas. La jolie mignonne !

Tous ceux qui l'entendirent tournèrent leurs regards vers la mince jeune femme vêtue de noir qui s'avançait dans le chemin. Son voile rejeté en arrière laissait voir le doux et charmant visage, et la chevelure soyeuse, bouclée comme celle d'un enfant, sous la petite capote de veuve.

Mme Errol ne pensait pas aux gens arrêtés devant l'église ; elle pensait à Cédric, aux visites qu'il lui faisait, à la joie qu'il avait eue en recevant le poney sur lequel il était venu la voir la veille, l'air tout heureux et tout fier. Mais bientôt elle ne put manquer de voir qu'on la regardait et que son arrivée causait une sorte de sensation. Une vieille femme avec une mante rouge lui fit une révérence en disant : « Dieu vous bénisse, madame ! » Une autre l'imita, et les hommes enlevèrent leur casquette l'un après l'autre sur son passage. Pour commencer, elle ne comprit pas ; puis elle se rendit compte que ces saluts lui étaient adressés parce qu'elle était la mère du petit lord Fauntleroy. Alors, toute rougissante, elle salua aussi en souriant et remercia de sa voix douce la vieille femme en mante rouge qui avait appelé sur elle la bénédiction du ciel. Ces marques rustiques de déférence étaient quelque chose de très nouveau et d'un peu embarrassant pour une personne ayant toujours vécu dans une grande cité américaine, bruyante et populeuse. Mais la mère de Cédric ne put s'empêcher d'être touchée des sentiments de cordiale amitié dont cet hommage était le signe.

Elle avait à peine franchi le porche et pénétré à l'intérieur de l'église que se produisit le grand événement du jour. L'équipage du château, avec ses beaux chevaux et ses domestiques en livrée, apparut au détour du chemin vert.

— Les voilà ! se dirent les curieux les uns aux autres.

La voiture s'arrêta. Thomas descendit, ouvrit la portière, et un petit garçon blond, vêtu de velours noir, sauta à terre.

Tous, hommes, femmes et enfants, le regardèrent avec curiosité.

— Mais c'est le capitaine quand il était petit ! chuchotèrent ceux des assistants qui pouvaient se le rappeler à cet âge. C'est le vivant portrait de son père.

Le petit garçon demeura un instant immobile, en pleine lumière, les yeux levés vers le comte avec une expression d'affectueux intérêt, tandis que Thomas aidait le vieux gentilhomme à descendre de voiture. Dès qu'il pensa pouvoir se rendre utile, il tendit la main et offrit son épaule exactement comme s'il avait eu six pieds de haut. Tout le monde put alors se rendre compte qu'à l'inverse de ce qui se passait avec tant d'autres, le comte de Dorincourt, c'était visible, n'inspirait aucune crainte à son petit-fils.

— Appuyez-vous sur moi, purent l'entendre dire les personnes les plus proches. Comme ces gens ont l'air heureux de vous voir !

— Otez votre casquette, Fauntleroy, dit le comte. Ils vous saluent.

— Moi ? s'écria Fauntleroy.

Et arrachant aussitôt sa casquette, il tourna vers les curieux des yeux brillants et s'efforça de les saluer tous à la fois.

— Que Dieu bénisse Votre Seigneurie ! dit la vieille

femme à la mante rouge qui avait déjà parlé à sa mère, et qu'Il lui donne longue et heureuse vie !

— Merci bien, madame, répondit Fauntleroy.

Là-dessus, ils entrèrent dans l'église où ils se trouvèrent le point de mire de tous les regards, tandis qu'ils gagnaient le grand banc carré, orné de coussins et de rideaux rouges, situé tout en haut de la nef. Une fois installé, Fauntleroy fit deux découvertes qui l'enchantèrent. La première, c'est que de l'autre côté de l'église, à un endroit où il pouvait bien la voir, sa mère était assise et lui souriait. La seconde, c'est qu'à l'extrémité du banc contre le mur, deux statues de pierre agenouillées se faisaient face de chaque côté d'un pilier supportant deux missels de pierre. Leurs mains aux longs doigts étaient jointes en un geste de prière et elles étaient vêtues de façon très antique et très extraordinaire. Il y avait au-dessous une inscription dont Cédric ne put déchiffrer que ces mots :

En cestui lieu gist le corps de messire Gregorye Arthure, seigneur et premyer comte de Dorincourt, et aussi icelui de dame Alisone Hildegarde, son espouse.

— Puis-je vous demander quelque chose ? chuchota le petit lord, dévoré par la curiosité.

— De quoi s'agit-il ? dit son grand-père.

— Qui sont ces personnes ?

— Deux de vos ancêtres qui vivaient il y a quelques centaines d'années.

— Ah ! fit lord Fauntleroy en les considérant avec respect. C'est peut-être d'eux que je tiens mon orthographe.

Sur quoi, il se mit à chercher l'office du jour dans son livre. Lorsque l'orgue préluda, il se leva et regarda sa mère en souriant. Il aimait beaucoup la musique, et sa mère et lui chantaient souvent ensemble. Il joignit donc au chœur des fidèles sa jolie petite voix pure qui résonnait aussi claire que celle d'un oiseau, et, dans le plaisir du chant, oublia tout le reste. Assis dans son coin du grand banc, abrité par le rideau, le comte, lui aussi, se laissa un peu distraire de lui-même en contemplant le petit garçon. Cédric, le gros psautier ouvert devant lui, chantait de tout son cœur en relevant un peu la tête. Un long rayon oblique passant à travers le verre orangé d'un vitrail faisait resplendir sa chevelure dorée. Sa mère, qui le regardait aussi de l'autre côté de l'église, sentit un frémissement agiter son cœur d'où s'éleva une ardente prière : elle demanda que la joie candide de cette âme enfantine fût durable, et que l'étonnante fortune qui lui était échue en partage ne pût devenir pour lui une source de dangers. Bien des pensées de tendre inquiétude se pressaient dans son cœur maternel au début de cette nouvelle existence.

— Oh ! Ceddie, lui avait-elle dit le soir précédent, comme elle se penchait pour lui dire bonsoir avant qu'il s'en allât ; oh ! Ceddie, mon chéri, je voudrais être capable de te donner beaucoup de sages conseils ! Je te dirai seulement : sois toujours bon, mon chéri ; toujours courageux, toujours loyal, et non seulement tu ne feras jamais de peine à personne, mais encore tu pourras faire beaucoup de bien autour de toi, et ce vaste monde sera peut-être un peu meilleur à cause de mon petit garçon. Voilà ce qui importe avant tout, Ceddie : pouvoir rendre le monde un peu meilleur — si peu que ce soit.

Revenu au château, Cédric avait répété à son grand-père les paroles de sa mère.

— Quand Chérie m'a dit cela, j'ai pensé à vous, conclut-il. Pour ce qui est de rendre le monde meilleur, je lui ai dit que c'était ce que vous faisiez, et que j'allais essayer de vous ressembler.

— Et qu'a-t-elle répondu ? demanda le comte un peu gêné.

— Elle a dit que c'était très bien, qu'il fallait toujours voir ce qu'il y avait de bien chez les autres et suivre les bons exemples qu'ils vous donnent.

Peut-être était-ce à cela que songeait le vieux gentilhomme en jetant un coup d'œil à travers les fentes des rideaux rouges. Bien des fois, il dirigea son regard par-dessus la tête des paroissiens vers l'endroit où la jeune femme s'était placée, et il put voir le clair visage qu'avait aimé son fils — ce fils qui était mort sans avoir obtenu le pardon paternel — et les yeux bruns auxquels ressemblaient tant les yeux de l'enfant assis à côté de lui. Mais les pensées du comte étaient-elles empreintes d'amer-

tume ou s'y mêlait-il un peu de douceur ? C'est ce qu'il
eût été difficile de découvrir.

Quand ils sortirent de l'église, la plupart de ceux qui
avaient assisté à l'office attendaient au-dehors pour les
voir passer. Comme le grand-père et le petit-fils appro-
chaient de la porte du cimetière, un homme qui tenait
son chapeau à la main fit un pas en avant, puis s'arrêta
d'un air hésitant. C'était un paysan d'âge moyen, avec
une figure rongée par les soucis.

— Eh bien ! Higgins ? dit le comte.

Fauntleroy se tourna vivement pour regarder l'homme.

— Oh ! s'exclama-t-il, c'est lui, M. Higgins ?

— Oui, répondit sèchement le comte, et je suppose
qu'il est ici pour faire connaissance avec son nouveau
propriétaire.

— Oui, monsieur le comte, dit l'homme dont le visage
hâlé s'enflamma, M. Newick m'a dit que Sa jeune
Seigneurie avait été assez bonne pour parler en ma faveur,
et j'aimerais, avec votre permission, lui dire un mot de
remerciement.

Peut-être éprouvait-il quelque surprise en voyant la
petite taille de celui qui lui avait rendu un si grand service.
L'enfant le regardait, la tête levée, aussi simplement qu'un
des propres enfants d'Higgins aurait pu le faire, sans se
rendre compte le moins du monde, c'était visible, de sa
propre importance.

— Votre Seigneurie m'a rendu un grand service...,
commença-t-il ; un grand service...

— Oh ! fit Fauntleroy, j'ai seulement écrit une lettre.
Le service, c'est mon grand-père qui vous l'a rendu. Vous
savez combien il est toujours bon pour tout le monde.
Est-ce que Mme Higgins va mieux, maintenant ?

Higgins eut l'air un peu interloqué. Lui aussi était légèrement surpris d'entendre son noble propriétaire présenté
sous les couleurs d'un être bienfaisant, rempli d'aimables
qualités.

— Je... oui, milord, bégaya-t-il, la maman va mieux
depuis qu'elle a l'esprit débarrassé de ce qui la tourmentait. C'est le souci qui la rendait malade.

— J'en suis bien content, dit Fauntleroy. Mon grand-père était très ennuyé d'apprendre que vos enfants avaient la scarlatine. Lui aussi a eu des enfants. Je suis le petit garçon de son fils, voyez-vous.

Higgins ne savait plus où se mettre. Il jugea plus sûr et plus discret de ne pas regarder lord Dorincourt, car nul n'ignorait que les sentiments de celui-ci à l'égard de ses fils étaient tels qu'il se contentait de les voir deux fois par an. Et lorsque ses enfants étaient petits, s'il leur arrivait de tomber malades, le premier soin du comte était de partir pour Londres afin d'éviter le voisinage des docteurs et des infirmières. Cela devait être un peu agaçant pour Sa Seigneurie dont on voyait les yeux luire sous ses sourcils touffus d'entendre dire qu'il prenait un intérêt particulier à la scarlatine des petits Higgins.

— Vous voyez, Higgins, dit le comte avec un sourire sarcastique, vous autres, gens d'ici, vous vous êtes complètement mépris sur mon compte. Fauntleroy, lui, me connaît. Lorsque vous voudrez savoir à quoi vous en tenir sur ma façon de penser, adressez-vous à lui.
— Montez en voiture, Fauntleroy.

Fauntleroy sauta dans la voiture, et l'équipage se mit à rouler dans le chemin vert. Quand il rejoignit la grand-route après le tournant, le même sourire était toujours sur les lèvres du comte.

VIII
Premières leçons d'équitation

Le sourire sarcastique du comte de Dorincourt eut plusieurs fois l'occasion de revenir sur ses lèvres dans les jours qui suivirent. En fait, à mesure que le grand-père faisait plus ample connaissance avec son petit-fils, ce sourire revint de plus en plus souvent, et, à certains moments, il perdait même presque toute sa causticité. Il faut bien le dire, avant l'apparition sur la scène de Fauntleroy, le comte commençait à être très las de sa solitude, de sa goutte et de ses soixante-dix ans. Après une si longue vie de plaisirs et d'agitation, ce n'était pas bien gai de passer son temps seul, même dans le plus splendide des appartements, avec un pied sur un tabouret et point d'autre distraction que de décharger sa bile sur un valet de chambre terrorisé qui le détestait intérieurement. Le vieux comte était trop intelligent pour se faire la moindre illusion sur les sentiments de ses serviteurs à son égard, et s'il avait conservé quelques relations, il savait que les personnes qui venaient le voir n'éprouvaient pour lui aucune sympathie, bien qu'il amusât certains de ses visiteurs par ses réflexions piquantes et sarcastiques qui n'épargnaient personne. Tant qu'il avait joui d'une vigoureuse santé, le comte avait voyagé d'un endroit à un autre, en essayant de croire qu'il s'amusait, mais sans y trouver, à vrai dire, de bien grandes satisfactions. Puis, quand sa santé avait commencé à s'altérer, il avait pris tout en dégoût et s'était enfermé à Dorincourt avec sa goutte, ses journaux et ses livres. Néanmoins, on ne peut pas lire sempiternellement, et le comte s'ennuyait de plus en plus. Il trouvait les journées longues et les nuits interminables, et devenait de plus en plus sauvage et irritable. C'est alors que Fauntleroy était arrivé ; et, fort heureusement pour le petit garçon, dès le premier instant où le vieillard l'avait vu, son orgueil de grand-père avait été satisfait. Si Cédric avait été moins bel enfant, lord Dorincourt aurait pu éprouver pour lui une antipathie qui l'eût rendu insensible aux meilleures qualités de son petit-fils. Mais il avait jugé que Cédric devait sa beauté et son esprit intrépide au sang des Dorincourt, et que l'honneur en revenait à sa noble famille. Quand il avait entendu parler le petit garçon et vu qu'il avait d'excellentes manières, le comte s'était senti plus attiré encore vers son petit-fils et avait commencé à le considérer avec intérêt. Il avait même trouvé plaisant de remettre entre ses mains enfantines le pouvoir d'accorder une faveur au malheureux Higgins. Personnellement le comte ne se souciait nullement du malheureux Higgins, mais la pensée qu'on parlait de son petit-fils au village et qu'il commençait dès maintenant à être populaire parmi ses fermiers ne lui était pas désagréable. Il avait eu plaisir à se rendre à l'église avec Cédric et à voir la curiosité et l'intérêt causés par leur arrivée. Il imaginait les commentaires des gens sur le petit garçon, sa jolie prestance, son aspect vigoureux, son port de tête assuré, son charmant visage et sa chevelure dorée ; et il était certain qu'on disait, comme il avait entendu une femme le chuchoter à une autre, « que le petit était un lord des pieds à la tête ». M. le comte de Dorincourt était un vieux gentilhomme arrogant, fier de son nom, fier de son rang. Il était donc satisfait de montrer au monde que la maison de Dorincourt avait enfin un héritier digne en tous points de sa situation future.

Le matin où Cédric avait essayé son poney, lord Dorincourt avait même ressenti une telle satisfaction qu'il en avait presque oublié sa goutte. Lorsque le groom avait amené la jolie bête qui arquait son cou brun et luisant et secouait sa tête fine au soleil, le comte s'était installé près de la fenêtre ouverte de la bibliothèque et avait regardé Fauntleroy prendre sa première leçon d'équitation. Il se demandait si l'enfant montrerait des signes de crainte ; ce n'était pas un très petit poney, et le comte avait souvent vu des enfants se décourager en faisant leurs premiers essais d'équitation.

Fauntleroy se mit en selle avec entrain. Il n'avait jamais eu l'occasion de monter sur un poney, et il était heureux comme un roi. Wilkins, le groom, fit aller et venir l'animal devant la fenêtre de la bibliothèque en le tenant par la bride.

— Pour avoir du cran, je vous réponds qu'il a du cran, remarqua-t-il après, à l'écurie, avec une grimace approbative. Ça n'a pas pris longtemps pour le mettre en selle, et un vieux cavalier ne se serait pas tenu plus droit, une fois à cheval. « Eh ! Wilkins, qu'il me disait, est-ce que je me tiens bien droit ? Au cirque, les écuyers se tiennent toujours très droits. — Oh ! oui, que je lui dis, aussi droits que s'ils avaient avalé leur canne, Votre Seigneurie. » et le voilà qui rit, tout content, et qui dit : « C'est ça, vous me direz si je ne me tiens pas assez droit, Wilkins. »

Mais se tenir bien droit sur un cheval qu'on mène au pas par la bride ne suffisait pas au bonheur de Cédric. Au bout de quelques instants il s'adressa à son grand-père qui le regardait de sa fenêtre.

— Est-ce que je ne pourrais pas aller tout seul ? demanda-t-il. Est-ce que je ne pourrais pas aller plus vite ? Le garçon que je voyais sur la Cinquième Avenue trottait et galopait.

— Croyez-vous que vous pourriez trotter et galoper ? demanda le comte.

— J'aimerais essayer, répondit Fauntleroy.

Le comte fit un signe à Wilkins, qui alla chercher un autre cheval, l'enfourcha et prit la bride du poney de Fauntleroy.

— Maintenant, dit le comte, faites-le trotter.

Les minutes qui suivirent furent passionnantes pour

l'apprenti cavalier. Il reconnut que trotter n'était pas aussi facile que d'aller au pas, et que plus le poney trottait vite, plus cela devenait difficile.

— Cela sc-secoue p-pas mal... n'est-ce p-pas ? dit-il à Wilkins. Est-ce que ça vous-vous secou-coue, vous aussi ?

— Non, milord. Vous vous y habituerez vous-même avec le temps. Dressez-vous sur vos étriers.

— Je-je me-me dresse tant que-que... je peux, dit Fauntleroy.

Il se dressait et retombait irrégulièrement, avec beaucoup de heurts et de cahots. Le comte pouvait voir cela de sa fenêtre. Quand les cavaliers revinrent à portée de la voix, après avoir disparu quelques instants derrière les arbres, Fauntleroy avait perdu son chapeau, il serrait les lèvres, ses joues étaient comme des coquelicots, mais il continuait à trotter vaillamment.

— Arrêtez une minute, dit le grand-père, où est votre chapeau ?

Wilkins toucha le sien de la main.

— Envolé, monsieur le comte, dit-il avec une joie évidente. Jc voulais m'arrêter pour le ramasser, mais milord ne me l'a pas permis.

— Pas eu trop peur ? demanda le comte de sa voix brève.

— Lui, avoir peur ! s'exclama Wilkins. Je crois bien qu'il ne sait pas ce que c'est, monsieur le comte. J'ai appris à monter à cheval à pas mal de jeunes messieurs, mais je n'en ai vu aucun y mettre tant de bonne volonté et d'obstination.

— Vous en avez assez ? demanda le comte en s'adressant à Fauntleroy. Vous voulez mettre pied à terre ?

— Cela secoue plus qu'on ne se l'imaginerait, admit le jeune lord avec franchise, et cela fatigue un peu. Mais je n'ai pas envie de descendre. J'aime mieux continuer à apprendre. Aussitôt que je ne serai plus essoufflé, je retournerai chercher mon chapeau.

Si on avait voulu enseigner à Fauntleroy ce qu'il fallait faire pour plaire au vieillard qui l'observait, on

n'aurait rien pu trouver de mieux. Comme le poney s'éloignait au trot dans l'avenue, une faible rougeur colora le vieux visage, et, sous les sourcils touffus, les yeux brillèrent d'un plaisir que le comte n'espérait plus connaître. Il attendit avec impatience que le bruit des sabots annonçât le retour des cavaliers. Quand ils résonnèrent de nouveau, c'était cette fois sur un rythme plus rapide. Fauntleroy n'avait pas remis son chapeau que Wilkins tenait à la main ; ses joues étaient plus rouges que jamais et il avait les cheveux en désordre. Mais il revenait au petit galop.

— Là ! fit-il, hors d'haleine, comme ils s'arrêtaient devant la porte, j'ai galopé ! Je n'ai pas galopé aussi bien que le garçon de la Cinquième Avenue, mais j'ai galopé, et je ne suis pas tombé.

Après cela, lui, Wilkins et le poney devinrent de grands amis, et il ne se passa guère de jours sans qu'on les vît trotter ensemble sur la grand-route ou le long des chemins verts. Les enfants du pays sortaient de chez eux pour regarder passer le fier petit poney brun avec son beau petit cavalier campé bien droit sur sa selle ; et le jeune lord enlevait sa casquette en criant : « Ohé ! bonjour !... » d'une façon très peu seigneuriale, mais pleine de cordialité. Parfois il s'arrêtait pour bavarder avec les enfants ; et un jour, en revenant au château, Wilkins raconta que Fauntleroy avait tenu à descendre de cheval près de l'école du village pour faire monter à sa place et ramener chez lui un petit garçon boiteux qui avait l'air fatigué.

— Et ma parole ! dit Wilkins en racontant l'histoire à l'écurie, il n'y a pas eu moyen de l'en faire démordre. Il n'a pas voulu non plus que je mette le gamin sur mon cheval, parce que, disait-il, le petit aurait pu avoir peur sur une si grande bête. « Voyez-vous, Wilkins, qu'il me dit, ce garçon est boiteux et je ne le suis pas, et puis j'ai envie de causer avec lui. » Et il a fallu que le gamin monte sur le poney, tandis que milord marchait à côté, les mains dans les poches et la casquette en arrière, causant ou sifflotant sans plus de façon que vous et moi. Quand

nous sommes arrivés à la chaumière et que la mère du petit est sortie tout inquiète pour voir ce qui se passait, il a retiré sa casquette et lui a dit : « Je vous ramène votre fils, madame, parce que sa jambe lui faisait mal. Je ne pense pas que cette canne lui suffise pour s'appuyer dessus ; aussi je vais demander à mon grand-père de lui faire faire une paire de béquilles. » Vous pensez si la femme en est restée tout ébaubie. Pour mon compte, j'ai bien cru que j'allais éclater, tant c'était drôle.

En entendant l'histoire, le comte ne se fâcha point comme Wilkins l'avait un peu craint ; au contraire, il partit d'un franc éclat de rire, fit appeler Fauntleroy pour lui faire raconter la chose du commencement jusqu'à la fin. Après quoi, il se mit à rire de nouveau. C'est un fait que quelques jours plus tard la voiture du château s'arrêta dans le chemin vert, devant la maisonnette où habitait le petit boiteux. Fauntleroy sauta à terre et frappa à la porte ; il tenait sur son épaule, à la manière d'un fusil, une paire de petites béquilles neuves, solides et légères, qu'il présenta à Mme Hartle, la mère du petit boiteux, en disant :

— Mon grand-père vous fait ses compliments et vous prie d'accepter ces béquilles pour votre petit garçon ; j'espère qu'il sera bientôt guéri. — J'ai présenté vos compliments, dit-il au comte en remontant en voiture. Vous ne me l'aviez pas dit, mais j'ai pensé que c'est parce que vous l'aviez oublié. C'est bien cela qu'il fallait faire ?

Le comte se remit à rire, et ne répondit pas que c'était inutile. A vrai dire, des liens se resserraient chaque jour entre grand-père et petit-fils, et la foi de Cédric en la bonté et les vertus du comte de Dorincourt s'affermissait de plus en plus. Il croyait, sans hésitation aucune, que son grand-père était le plus aimable et le plus généreux des vieux messieurs. Il est certain que lui-même voyait ses désirs satisfaits presque avant de les avoir exprimés, et il était tellement comblé de cadeaux et de distractions qu'il était parfois confondu par la vue de ses propres richesses. Ce système qui, appliqué à certains enfants, aurait pu être dangereux, ne réussissait pas mal avec le jeune lord. Rien ne dit, cependant, que malgré sa jolie nature Cédric ne s'en serait pas trouvé un peu gâté, sans les heures qu'il passait à Court Lodge avec sa mère. Heureusement, sa « meilleure amie » veillait sur lui avec une sollicitude pleine de tendresse. Tous deux avaient ensemble de longues causeries, et Cédric ne retournait jamais au château avec les baisers de sa mère sur les joues sans remporter aussi dans son cœur quelques pures et simples paroles, dignes d'y être conservées.

Une chose, néanmoins, intriguait beaucoup le petit garçon, et il réfléchissait à ce mystère beaucoup plus souvent qu'on ne le supposait. Sa mère elle-même ignorait à quel point son esprit en était occupé. Le comte de Dorincourt, lui, ne soupçonnait pas qu'il s'en inquiétât le moins du monde. Doué d'un esprit vif et observateur, le petit garçon ne pouvait s'empêcher de se demander comment il se faisait que sa mère et son grand-père ne se rencontraient jamais. Quand l'équipage du château s'arrêtait à Court Lodge, jamais le comte n'en descendait, et dans les rares occasions où celui-ci se rendait à l'église, il laissait toujours Fauntleroy attendre tout seul sa mère sous le porche, quand il devait s'en retourner avec elle. Et cependant, chaque jour, des fleurs et des fruits étaient envoyés à Court Lodge des serres du château. Mais ce qui avait achevé de porter le comte au pinacle dans l'esprit de son petit-fils, c'est ce qu'il avait fait peu après ce premier dimanche où Mme Errol était revenue à pied chez elle de l'église. Une semaine plus tard, environ, comme Cédric partait pour rendre visite à sa mère, il vit devant la porte non pas la grande voiture du château avec sa paire de chevaux fringants, mais une jolie petite victoria attelée d'un beau cheval bai.

— C'est un cadeau que vous faites à votre mère, dit le comte avec brusquerie. Elle ne peut pas se promener à pied dans la campagne. Elle a besoin d'une voiture. Le domestique qui conduit s'en occupera. C'est vous qui lui faites ce cadeau.

La joie de Fauntleroy peut difficilement se décrire.

Il put à peine se contenir jusqu'au moment où il atteignit Court Lodge. Mme Errol cueillait des roses dans le jardin. Cédric s'élança hors de la petite victoria et se précipita dans les bras de sa mère.

— Chérie, cria-t-il, le croiriez-vous ? cette voiture, c'est à vous ! Grand-père a dit que c'était moi qui vous la donnais. C'est votre voiture à vous, pour vous conduire où vous voudrez.

Cédric était si heureux que sa mère ne sut que dire. Elle ne se sentait pas le courage de gâter son plaisir en refusant d'accepter ce présent d'un homme qui continuait à se considérer comme son ennemi. Il lui fallut monter tout de suite dans la voiture avec ses roses, et se laisser emmener pour une promenade pendant laquelle Fauntleroy ne cessa de lui raconter toutes sortes d'histoires sur la bonté de son grand-père. Ces histoires étaient souvent si naïves que parfois Mme Errol ne pouvait s'empêcher de rire ; puis elle attirait son petit garçon pour l'embrasser, contente de ne le voir découvrir que du bien dans ce vieillard qui avait si peu d'amis.

Le lendemain de ce jour, Fauntleroy écrivit à M. Hobbs. Il fit une très longue lettre, et quand le brouillon fut achevé, il alla le porter à son grand-père.

— Parce que, dit-il, je ne suis pas sûr du tout de mon orthographe, et si vous voulez bien m'indiquer les fautes, je la recopierai après.

Voici ce qu'il avait écrit :

« Mon cher monsieur Hobbs,
« Je veux vous parler de mon grandpere. C'est le meilleur conte qui existe. Ce n'est pas vrai que les contes sont tous des tirants. Il n'est pas un tirant du tout. Je voudrai que vous le conaissiez. Vous serié surement bons amis. Il a la goute dans son pied et il soufre le martir, mais il est très pacient. Je l'aime d'avantage tout les jours, parceque persone ne peu s'empécher d'aimer un conte comme celuilà. Je voudrais

que vous causier avec lui. Il sait tout et vous pouvez lui `pauser nimporte quel question. Il m'a donné un ponet avec une charette, et à ma maman une manifique voiture et j'ai trois chambre et tant de jouets de toute sorte que vous en serié ébobi. Le château et le parc vous plairez surement. C'est un si grand château, vous pouriez vous perdre dedan, dit Wilkins. Wilkins est mon groum il dit qu'il y a des oubliette sous le château. Tout est si joli dans le parc ! il y a des arbres énorme, des chevreils des lapins et du jibié qui coure partout dans les tayis. Mon grandpere est trés riche mais il n'es pas fier et hautin comme vous croyez que les contes le sont toujours. J'aime beaucoup me promené avec lui. Les gents sont si gentis et si polis, ils ote leur chapeau et les femmes font des révérances et quelle que fois elles dise Dieu vous bénisse. Je peu maintenant monter a cheval. D'abord cela me secoué quant je trotais. Mon grandpere a permi a un pauvre homme de resté dans sa ferme malgré qu'il ne pouvais pas payer son louayer, et Mme Mellon a été porté du vin et des choses à ses enfants qui été malades.

« J'aimerai vous voir et je voudrai que Cherie habite au château. Mais quant elle ne me menque pas trop je suis tres heureu et j'aime baucoup mon grandpere. Totu le monde l'aime. S'il vous plai ecrivé bientot.

« Votre ami affeccioné
« FAUNTLEROY »

« P.-S. — Il ni a persone dans les oubliettes. Jamais mon grandpere ni a fait langir persone.

« P.-S. — Il est si bon conte il me fait penser à vous. Il est univercellement aimé. »

— Votre mère vous manque beaucoup ? demanda le comte lorsqu'il eut achevé la lecture de cette épître.

— Oui, dit Fauntleroy. Je m'ennuie d'elle tout le temps.

Il s'approcha du comte et lui mit la main sur le genou en levant son regard vers lui.

— Elle ne vous manque pas, à vous ? demanda-t-il.

— Je ne la connais pas, répondit le comte d'un ton bourru.

— Je le sais, dit Fauntleroy, et c'est ce qui m'étonne tellement. Elle m'a dit de ne pas vous poser de questions, alors... alors, je ne vous en pose pas ; mais je ne peux pas m'empêcher d'y penser, et je me demande pourquoi... Mais je ne vais pas poser de questions. Quand je m'ennuie trop d'elle, je vais regarder par ma fenêtre la petite lumière qui luit pour moi chaque soir dans l'ouverture des arbres. C'est loin d'ici, mais elle met cette lumière dans l'embrasure de sa fenêtre pour que je puisse la voir briller au loin, et je sais ce qu'elle me dit.

— Que dit-elle ?

— Elle dit : « Dieu te garde toute la nuit ! » juste comme Chérie me le disait quand nous étions ensemble. Tous les soirs elle me disait cela, et tous les matins elle disait : « Dieu te protège toute la journée ! » Ainsi, vous voyez, je n'ai rien à craindre.

— Rien, en effet, je n'en doute pas, dit brièvement le comte.

Et, abaissant son regard sur le petit garçon, il le considéra si longtemps que Fauntleroy se demanda à quoi il pouvait bien penser.

IX
Les masures
d'Earl's Court

Le fait est que lord Dorincourt avait, depuis quelque temps, l'occasion de réfléchir à pas mal de choses dont il ne s'était jamais occupé jusque-là, et toutes ses pensées se rattachaient d'une façon ou d'une autre à son petit-fils. L'orgueil était le trait dominant de sa nature, et comme l'enfant satisfaisait en tous points cet orgueil, le vieux gentilhomme trouvait maintenant un nouvel intérêt dans l'existence. Le monde avait eu connaissance des déceptions que lui avaient causées ses fils ; aussi le comte éprouvait-il un agréable sentiment de triomphe à produire devant le monde un nouveau lord Fauntleroy qui ne pouvait désappointer personne. Il désirait que l'enfant prît conscience de son pouvoir et du rang élevé qu'il occupait dans la société ; il désirait que les autres en eussent aussi conscience. Il formait des plans pour l'avenir de son petit-fils. Parfois, dans le secret de son âme, il se prenait à regretter que sa vie passée n'eût pas été meilleure, et qu'elle contînt des pages qui scandaliseraient cette âme pure d'enfant si elle connaissait la vérité. Il lui était désagréable d'imaginer l'expression que prendrait le joli visage innocent, si d'aventure on venait lui dire que, durant de nombreuses années, son grand-père avait été surnommé « l'odieux comte de Dorincourt ». La pensée que l'enfant pût l'apprendre le rendait même légèrement nerveux. Ce nouvel intérêt dans son existence lui faisait parfois oublier sa goutte, et au bout de quelque temps le docteur fut surpris de constater que la santé de son noble client s'améliorait de façon tout à fait inattendue. Peut-être le vieillard allait-il mieux parce que le temps lui semblait moins long et qu'il avait d'autres pensées que celles de ses douleurs et de ses infirmités.

Un beau matin, les gens furent tout étonnés de voir passer le petit lord Fauntleroy, trottant sur son poney, avec un autre compagnon que Wilkins. Ce nouveau compagnon, qui montait un magnifique cheval gris, n'était autre que le comte lui-même. En fait, c'était Fauntleroy qui avait eu cette idée. Comme il était sur le point d'enfourcher son poney, il avait dit à son grand-père d'un air de regret :

— J'aimerais que vous veniez avec moi. Quand je pars en promenade, je me sens triste de vous laisser tout seul dans ce grand château. J'aimerais tant que vous veniez vous promener à cheval, vous aussi !

Ce fut un grand émoi dans les écuries lorsque, quelques minutes plus tard, arriva l'ordre de seller Sélim pour le comte. Par la suite, Sélim fut sellé presque chaque jour, et les gens s'habituèrent à voir le grand cheval gris monté par le vieux gentilhomme au sévère profil d'aigle à côté du poney brun monté par le petit lord Fauntleroy. Dans leurs promenades le long des sentiers verts ou des jolies routes campagnardes, les deux cavaliers devinrent plus amis que jamais. Petit à petit, lord Dorincourt apprit beaucoup de choses sur Chérie et ses habitudes. Tout en trottant à côté du grand cheval gris, Fauntleroy bavardait gaiement ; l'on n'aurait pu rêver petit compagnon plus rempli d'entrain. C'était lui qui parlait le plus ; le comte se contentait volontiers de l'écouter en regardant son visage épanoui. Parfois il disait à son petit-fils de faire un temps de galop ; et quand il le voyait partir comme un trait, campé bien droit sur sa selle, une lueur d'orgueil et de satisfaction passait dans ses yeux ; et Fauntleroy, lorsqu'il revenait en riant et en agitant sa casquette, avait l'impression que son grand-père et lui étaient vraiment d'excellents amis.

Entre autres choses, le comte découvrit que la femme de son fils ne menait point une vie oisive. Il ne fut pas longtemps sans apprendre que les pauvres gens la connaissaient fort bien. Quand la maladie, la peine ou la misère étaient dans une maison, on voyait souvent la petite victoria s'arrêter devant la porte.

— Figurez-vous, dit un jour Fauntleroy à son grand-père, qu'ils disent tous « Dieu vous bénisse ! » quand ils la voient. Les enfants aussi sont contents. Il y a des petites filles qui vont chez elle pour apprendre à coudre. Chérie dit qu'elle se sent si riche à présent qu'elle veut aider tous les pauvres qui l'entourent.

Lord Dorincourt n'avait pas été mécontent de voir que la mère de son héritier avait un jeune et charmant visage, et l'air aussi distingué que si elle était une duchesse, et, dans une certaine mesure, il ne lui déplaisait pas non plus d'apprendre qu'elle était aussi populaire parmi les pauvres. Cependant il éprouvait souvent un douloureux sentiment de jalousie en voyant combien elle remplissait le cœur de son fils et à quel point le petit garçon lui était attaché. Le vieillard aurait désiré occuper la première place dans le cœur de son petit-fils et n'y avoir point de rival.

Ce même jour, il arrêta son cheval sur un point élevé de la lande où les avait menés leur promenade et, d'un geste circulaire de sa cravache, désigna le vaste et beau paysage qui s'étendait sous leurs yeux.

— Savez-vous que tout cela m'appartient ? dit-il à Fauntleroy.

— Vraiment ? répondit Fauntleroy. C'est joliment grand pour appartenir à une seule personne...

— Savez-vous qu'un jour tout cela vous appartiendra, cela et bien d'autres choses encore ?

— A moi ? s'cxclama Fauntleroy d'un air stupéfait. Quand donc ?

— Quand je serai mort, répondit le comte.

— Alors, je n'en veux pas, déclara Fauntleroy. Je désire que vous viviez toujours.

— Très gentil de votre part, dit le vieillard d'un

ton légèrement ironique. Néanmoins, tout cela vous appartiendra un jour. Un jour vous serez le comte de Dorincourt.

Le petit lord demeura silencieux sur sa selle pendant quelques instants. Il regardait la vaste lande, les fermes verdoyantes, les beaux taillis, les petites maisons posées au bord des chemins, le village coquet, et son regard se dirigea vers l'endroit où s'élevaient au-dessus des arbres les tours grises et majestueuses du grand château.

— A quoi pensez-vous ? demanda le comte.

— Je pense, répondit Fauntleroy, que je suis un bien petit garçon ; et je songe aussi à ce que m'a dit Chérie.

— Quoi donc ?

— Elle m'a dit que ce n'était pas une chose commode d'être riche et que, lorsqu'on a de grands biens, on oublie quelquefois que tout le monde n'est pas aussi bien pourvu, et c'est là une chose que les gens riches ne devraient jamais oublier. Je lui racontais justement combien vous étiez bon. Alors elle a dit que c'était tant mieux, parce qu'un comte a beaucoup de pouvoir, et que s'il ne pense qu'à ses plaisirs et jamais aux gens qui vivent sur ses terres, ceux-ci souffrent d'ennuis et de difficultés qu'il aurait pu leur épargner. Mais quand on a des propriétés si vastes, ce doit être bien difficile de s'occuper de tant de monde. Je regardais à l'instant toutes ces maisons en me disant que, si j'étais comte, il faudrait que je connaisse les gens qui les habitent. Mais vous, comment avez-vous fait pour les connaître tous ?

Comme la connaissance qu'avait Sa Seigneurie de ses tenanciers se bornait à savoir quels étaient ceux qui payaient bien leur loyer, de façon à mettre à la porte ceux qui étaient toujours en retard, il lui était assez difficile de répondre à la question de son petit-fils.

— C'est Newick qui me renseigne, dit-il.

Et il tira sa grande moustache grise en regardant son petit interlocuteur avec un peu de malaise.

— Maintenant, ajouta-t-il, nous allons rentrer. Et plus

tard, quand vous serez comte, vous tâcherez de mieux faire que moi.

Lord Dorincourt fut très silencieux pendant tout le trajet du retour. Il se disait qu'il était presque incroyable que lui, qui n'avait réellement aimé personne dans toute son existence, se sentît le cœur de plus en plus pris par ce petit garçon. Tout d'abord, il avait été seulement content et fier de la beauté et de l'intrépidité de Cédric ; mais maintenant il y avait dans ses sentiments autre chose que de la fierté. A plusieurs reprises, le comte laissa échapper un petit rire sarcastique en constatant combien il aimait à avoir l'enfant près de lui, combien il aimait à entendre sa voix et combien il souhaitait en secret gagner l'estime et l'affection de son petit-fils.

« Je suis un vieux bonhomme qui retombe en enfance, tout simplement, se disait-il. On voit bien que je n'ai rien d'autre à penser. »

Mais il savait très bien que ce n'était pas tout à fait cela, et s'il avait voulu reconnaître la vérité, il aurait été obligé d'admettre que ce qui l'attirait le plus chez son petit-fils, c'étaient les qualités qu'il n'avait lui-même jamais possédées : cette nature franche, loyale et bonne, cette confiance affectueuse qui ne soupçonnait pas le mal.

Une semaine seulement s'était écoulée depuis cette promenade quand, à la suite d'une visite à Court Lodge, Fauntleroy arriva dans la bibliothèque avec un visage tout troublé. Il s'assit dans le fauteuil à haut dossier où il avait pris place le soir de son arrivée et, pendant un moment, fixa les tisons qui se consumaient dans la cheminée. Le comte le considérait en silence en se demandant ce qui se passait. Il était évident que quelque chose tourmentait Cédric. A la fin celui-ci leva les yeux.

— Newick est-il bien au courant de ce qui se passe chez les gens du pays ? demanda-t-il.

— C'est son métier de le savoir, répondit Sa Seigneurie. S'est-il montré négligent sous ce rapport ?

Aussi curieux que cela pût paraître, rien n'amusait plus le comte que l'intérêt que son petit-fils portait à ses tenanciers. Lui-même ne s'en était jamais soucié ; mais il ne lui déplaisait pas de voir qu'à côté de préoccupations enfantines et d'un goût très vif pour les amusements de son âge, il y avait chez Cédric une si curieuse disposition pour les affaires sérieuses.

— A l'autre bout du village il y a un endroit très triste que Chérie a vu, dit Fauntleroy en le regardant avec de grands yeux pleins de détresse. Les maisons sont les unes contre les autres et tombent presque en ruine. Dedans, on peut à peine y respirer ; tout y est pauvre et affreux. Les gens qui les habitent ont souvent la fièvre, et il y a des enfants qui en meurent. Cela rend les gens méchants d'être si misérables. C'est encore pire que pour Michaël et Brigitte. La pluie passe au travers des toits ! Chérie est allée y rendre visite à une pauvre femme aujourd'hui, et elle n'a pas voulu m'embrasser avant d'avoir changé de vêtements. En me racontant cela, elle avait des larmes dans les yeux.

Lui-même avait les yeux humides, mais il souriait à travers ses larmes.

— Je lui ai dit que vous ne saviez sûrement pas cela et que je vous en parlerais, reprit-il.

Cédric se laissa glisser de son siège et vint s'appuyer au fauteuil du comte.

— Vous pouvez arranger cela, dit-il, comme vous avez déjà fait pour Higgins. J'ai assuré à Chérie que vous n'y manqueriez pas, et que Newick avait dû oublier de vous en parler.

Le comte considérait la petite main posée sur son genou. En fait, Newick n'avait point oublié de le mettre au courant ; au contraire, ce dernier l'avait entretenu plus d'une fois de la condition lamentable de ce hameau dénommé Earl's Court. Le comte était parfaitement renseigné sur les misérables chaumières croulantes, le mauvais drainage du sol, l'humidité des murs, les fenêtres disjointes et les toits percés de ces habitations, et sur les maladies et les misères de toutes sortes qu'elles abritaient. M. Mordaunt aussi les lui avait dépeintes en termes vigoureux, et le comte lui avait répondu en termes violents. Sa goutte le tourmentait ce jour-là, et, dans son exaspération, il avait été jusqu'à dire que plus tôt les gens d'Earl's Court mourraient et se feraient enterrer par leur recteur, et mieux cela vaudrait. On n'en avait plus parlé depuis. Cependant, en considérant la main posée sur son genou, et en remontant de cette main au visage ardent dont les yeux exprimaient la franchise et la droiture, il se sentait un peu honteux du hameau d'Earl's Court et de lui-même.

— Alors, vous voulez faire de moi un bâtisseur de maisons modèles ? dit-il.

Et posant sa grande main sur la petite main, il la caressa légèrement.

— Il faut démolir ces vilaines maisons, dit Fauntleroy avec chaleur. Chérie l'a dit. Allons les faire démolir demain, voulez-vous ? Les gens seront si contents de vous voir ! Ils sauront tout de suite que vous venez à leur secours.

Et ses yeux brillaient comme des étoiles dans son visage rayonnant.

Le comte, se levant de son fauteuil, mit sa main sur l'épaule de l'enfant.

— Allons faire notre tour sur la terrasse, dit-il avec un rire bref, et nous pourrons causer de tout cela.

Et tout en se promenant de long en large sur la grande terrasse comme il le faisait presque tous les soirs de beau temps, le comte, bien qu'il fît entendre encore une ou deux fois son petit rire railleur, semblait songer à quelque chose qui ne lui déplaisait pas.

X
Une nouvelle alarmante

En fait, Mme Errol avait découvert beaucoup de choses regrettables en s'occupant des pauvres du petit hameau qui, vu du haut de la lande, avait un aspect si pittoresque. De près, tout n'y était pas si pittoresque, et la jeune femme avait trouvé la paresse, l'ignorance et la misère là où auraient dû régner le bien-être et l'activité. Par la suite elle avait appris qu'Erlboro' était considéré comme le village le plus triste de la région ; M. Mordaunt lui avait parlé de ses difficultés et confié son découragement, et elle avait pu se rendre compte de bien des choses par ses propres yeux. Les régisseurs qui avaient géré successivement le domaine s'étaient toujours souciés avant tout de plaire au comte, et ne s'étaient jamais inquiétés de la misère physique et morale de ses tenanciers les plus pauvres. En conséquence, beaucoup de détails dont il aurait fallu se préoccuper avaient été négligés, et tout était allé de mal en pis.

Le hameau d'Earl's Court, en particulier, était lamentable avec ses maisons délabrées occupées par des gens misérables et maladifs. Lorsqu'elle y alla pour la première fois, Mme Errol en eut le frisson. Tant de dénuement, de laideur et de saleté paraissaient pires à la campagne qu'à la ville, et il semblait bien que pareil état de choses aurait pu être empêché. Tandis qu'elle regardait ces enfants sales et négligés qui grandissaient dans le vice et l'abandon, elle songeait à son propre petit garçon, protégé et servi comme un jeune prince, qui passait ses journées dans un château splendide où il ne connaissait que luxe et bien-être, et voyait s'accomplir tous ses désirs. Et une pensée audacieuse germa dans son cœur maternel. Mme Errol s'était aperçue, comme tout le monde, que son fils avait eu la bonne fortune de faire la conquête du vieux lord, et qu'un désir exprimé par Cédric ne risquait guère de se heurter à un refus.

— Le comte lui accorderait n'importe quoi, dit-elle à M. Mordaunt ; il est prêt à lui passer toutes ses fantaisies. Pourquoi ne pas user de cette bienveillance en faveur d'autrui ? C'est ce que je dois essayer de faire.

Mme Errol savait qu'elle pouvait avoir confiance dans la générosité de ce cœur enfantin ; elle raconta donc à son fils ce qu'elle avait vu à Earl's Court, persuadée que celui-ci en parlerait à son grand-père, et avec l'espoir que d'heureuses conséquences pourraient en résulter. Et, si étrange que cela pût paraître, c'est ainsi que les choses se passèrent. En fait, ce qui exerçait sur le comte l'influence la plus forte, c'était la parfaite confiance que plaçait en lui son petit-fils — la conviction inébranlable du petit lord que son grand-père serait toujours prêt à faire ce qui était juste et généreux. Il ne pouvait se résoudre à laisser l'enfant découvrir qu'il n'avait en réalité aucun penchant à la générosité, et qu'il aimait agir à sa guise en toute occasion sans se soucier s'il avait tort ou raison. C'était pour lui une impression si nouvelle de se voir regarder comme un bienfaiteur de l'humanité et comme la personnification même de la noblesse et de la générosité, qu'il n'envisageait pas avec faveur l'idée de plonger son regard dans les yeux bruns de l'enfant en lui disant : « Je suis un vieux coquin égoïste et emporté ; je n'ai jamais rien fait de généreux de toute mon existence et je me moque d'Earl's Court et de ses indigents. »

Le comte de Dorincourt s'était assez attaché au petit garçon aux boucles blondes pour sentir qu'il préférait encore se rendre coupable d'une bonne action de temps à autre. Après avoir réfléchi, il fit venir Newick et eut avec lui, au sujet du hameau, un très long entretien où fut prise la décision d'abattre les misérables masures pour construire de nouvelles maisons.

— C'est lord Fauntleroy qui l'a décidé, dit-il brièvement ; il pense que cela sera une amélioration pour le domaine. Vous pouvez dire aux tenanciers que c'est à lui qu'en revient l'idée.

Il posa son regard sur le petit lord qui s'était allongé sur le tapis et jouait avec Dougal. Le gros chien était devenu le compagnon fidèle du petit garçon, le suivait partout, marchait près de lui d'un air solennel quand il se promenait à pied, et trottait majestueusement par-derrière quand il était à cheval ou en voiture.

Naturellement les paysans et les habitants du bourg entendirent bientôt parler des projets de construction. Au premier moment beaucoup se refusèrent à y croire ; mais quand une petite équipe d'ouvriers arriva et se mit à démolir les chaumières sordides et branlantes, les gens commencèrent à comprendre que lord Fauntleroy venait de leur rendre un nouveau service, et que grâce à son innocente intervention le scandale d'Earl's Court allait enfin cesser. Si Cédric avait su comme les gens parlaient de lui, comme ils faisaient partout son éloge et prophétisaient pour lui de grandes choses lorsqu'il serait grand, il n'en serait pas revenu. Mais il n'en avait pas le moindre soupçon. Il menait simplement et joyeusement son existence enfantine, prenant ses ébats dans le parc et poursuivant les lapins jusqu'à leur terrier. Etendu dans l'herbe sous les arbres ou sur le tapis de la bibliothèque, il lisait des livres merveilleux dont il parlait avec son grand-père, puis en redisait les histoires à sa mère ; il écrivait de longues lettres à Dick et à M. Hobbs, qui lui répondaient chacun à sa manière ; il faisait des promenades à cheval en compagnie de son grand-père ou escorté par Wilkins.

Quand il traversait ainsi le bourg avec le comte, Cédric voyait que les gens se retournaient pour les regarder, et que leurs figures s'éclairaient tandis qu'ils soulevaient leurs chapeaux ; mais il croyait que la présence de son grand-père en était la cause.

— Ils vous aiment tant ! lui dit-il une fois en levant les yeux vers Sa Seigneurie avec un sourire rayonnant. Voyez-vous comme ils sont contents de vous voir ? Je voudrais bien qu'ils m'aiment autant un jour. Ce doit être bien agréable d'être aimé de tout le monde.

Et il se sentait très fier d'être le petit-fils de quelqu'un qui était l'objet d'une telle dévotion.

Quand la construction des nouvelles chaumières fut en train, le petit garçon et son grand-père prirent l'habitude d'aller souvent se promener à cheval du côté d'Earl's Court pour regarder les travaux, auxquels Fauntleroy prenait un vif intérêt. Il descendait de son poney pour aller parler aux ouvriers, leur posait maintes questions sur la construction des maisons et leur racontait toutes sortes de choses sur l'Amérique. Après deux ou trois conversations de ce genre, il fut à même d'éclairer le comte sur la façon de faire les briques, tandis qu'ils revenaient au château.

— J'aime bien apprendre des choses comme celles-là, observa-t-il, car on ne sait pas ce qu'on sera obligé de faire plus tard.

Quand il les avait quittés, les ouvriers parlaient entre eux du petit lord et riaient de ses réflexions originales et ingénues ; mais ils l'aimaient bien. Ils avaient plaisir à le voir planté au milieu d'eux, discourant avec animation, les mains enfoncées dans les poches et le chapeau rejeté en arrière.

— Il n'a pas son pareil, avaient-ils coutume de répéter ; c'est un gamin gentil et pas fier. Il ne tient pas de sa famille.

De retour chez eux, ils parlaient de lui à leurs femmes, et leurs femmes en parlaient entre elles ; et ainsi, de fil en aiguille, presque tout le monde en vint à s'entretenir du petit lord Fauntleroy et à raconter des traits de sa jeune personne. Peu à peu l'on sut partout que « l'odieux comte de Dorincourt » s'intéressait enfin à quelqu'un — à un enfant qui avait su toucher son vieux cœur racorni.

Mais nul ne savait à quel point ce vieux cœur avait été réchauffé, personne ne savait l'attachement gran-

dissant que le comte se découvrait pour ce petit garçon, le seul être au monde qui eût jamais eu en lui une confiance absolue. Parfois il se surprenait à penser au temps où son petit-fils serait un jeune homme dans la plénitude de ses dons, avec une belle existence ouverte devant lui, mais ayant conservé le même cœur généreux, la même faculté de se faire partout des amis, et il se demandait ce que Cédric ferait de cette existence. Bien souvent, quand il regardait le petit garçon étendu devant la cheminée, plongé dans la lecture d'un gros livre, ses cheveux blonds dorés par la flamme, les yeux du comte se mettaient à briller et son teint s'animait.

« Ce garçon peut arriver à tout, se disait-il à lui-même ; à tout ! »

Il n'exprimait jamais devant personne ses sentiments pour son petit-fils ; lorsqu'il parlait de lui, c'était toujours avec le même sourire empreint d'ironie ; mais Fauntleroy sut bien vite que son grand-père l'avait pris en affection et qu'il aimait l'avoir toujours avec lui — près de son fauteuil, s'ils étaient dans la bibliothèque ; en face de lui à table, à ses côtés quand il se promenait à cheval ou en voiture, ou qu'il faisait son petit tour, le soir, sur la vaste terrasse.

— Vous rappelez-vous, dit un jour Cédric en levant le nez de son livre, vous rappelez-vous comme je vous ai dit le premier soir que nous pourrions très bien nous entendre ? Eh bien ! je ne crois pas qu'on puisse trouver un grand-père et un petit-fils qui s'entendent mieux que nous, ne trouvez-vous pas ?

— Nous sommes assez bons amis, en effet, répondit le comte. Venez ici.

Fauntleroy se mit sur ses pieds et s'approcha de lui.

— Y a-t-il quelque chose dont vous ayez envie ? demanda le comte ; quelque chose que vous n'ayez pas ?

Les yeux bruns du petit garçon se fixèrent sur son grand-père avec un regard songeur.

— Une seule chose, répondit-il.

— Laquelle ? s'enquit le comte.

Fauntleroy garda le silence quelques secondes. Ce n'était pas en vain qu'il avait réfléchi tout seul et si longtemps à certaines questions.

— Laquelle ? répéta le comte.

Cette fois, Fauntleroy répondit :

— C'est Chérie.

Le vieux comte eut un petit tressaillement.

— Mais vous la voyez presque chaque jour, observa-t-il. N'est-ce pas suffisant ?

— J'étais habitué à la voir tout le temps, dit Fauntleroy. Elle m'embrassait le soir quand j'étais couché, et le matin elle était toujours là quand je me réveillais ; et nous pouvions nous raconter toutes sortes de choses sans attendre.

Les yeux du vieillard restèrent posés un instant sur ceux de l'enfant, et il y eut un silence. Puis le comte fronça les sourcils.

— Et jamais, jamais vous n'oubliez votre mère? dit-il.

— Non, répondit Fauntleroy ; jamais. Et elle non plus ne m'oublie jamais. Je ne vous oublierais pas, vous savez, si je n'habitais plus avec vous. Il me semble que je penserais encore plus à vous.

— Ma parole, dit le comte après l'avoir regardé longuement, je crois bien que vous en seriez capable !

La morsure de la jalousie qu'il ressentait quand le petit garçon parlait ainsi de sa mère lui paraissait maintenant plus douloureuse que précédemment — plus douloureuse à cause de l'affection croissante du vieillard pour l'enfant.

Mais il devait se passer peu de temps avant que le comte ne ressentît d'autres tourments, d'autant plus durs à supporter qu'il avait presque oublié à ce moment-là qu'il eût jamais détesté la femme de son fils. Et ceci arriva d'une façon étrange et inattendue.

Un soir, peu avant que les maisonnettes d'Earl's Court fussent terminées, il y eut un grand dîner à Dorincourt. Aucune réunion de ce genre n'avait eu lieu au château depuis fort longtemps. Quelques jours auparavant, sir Harry Lorridaile et lady Lorridaile, qui était l'unique sœur du comte de Dorincourt, étaient venus en visite, événement qui avait provoqué le plus vif intérêt dans le bourg. La sonnette de Mme Dibble s'était mise de nouveau à tinter éperdument, car il était bien connu que lady Lorridaile n'était revenue qu'une seule fois à Dorincourt depuis son mariage, trente-cinq ans auparavant. C'était une belle vieille dame aux boucles blanches, aux joues fraîches et veloutées, creusées de fossettes, et qui valait son pesant d'or ; mais pas plus que le reste du monde, elle ne jugeait son frère d'une manière favorable, et comme elle avait elle-même une forte volonté et ne craignait point de dire franchement sa façon de penser, elle avait eu plus d'une querelle avec le comte et ne l'avait guère revu depuis sa jeunesse.

Depuis qu'ils étaient séparés, elle avait entendu dire de lui beaucoup de choses qui l'avaient peinée. Elle avait entendu parler de son manque d'égards pour sa femme, qui était morte encore jeune ; de son indifférence pour ses fils et du caractère vicieux et antipathique des deux aînés, qui n'avaient pas plus fait honneur à leur père qu'à leur nom. Ces deux fils aînés, Bevis et Maurice, elle ne les avait point connus ; mais un jour, un grand et beau jeune homme de dix-huit ans était arrivé à Lorridaile Park et s'était présenté à lady Lorridaile comme son neveu Cédric Errol. Il passait dans les environs, lui dit-il, et avait eu envie de faire la connaissance de sa tante Constance dont il avait beaucoup entendu parler par sa mère. Le cœur affectueux de lady Lorridaile s'attendrit à la vue du jeune homme. Elle le garda huit jours auprès d'elle et mit tout en œuvre pour lui rendre son séjour agréable. Cédric Errol lui plaisait infiniment, il était si gai, si vivant, si aimable de caractère ! Quand il l'avait quittée, elle avait exprimé l'espoir de le voir revenir souvent. Elle ne devait plus jamais le revoir. Le comte avait manifesté un vif mécontentement de cette visite et avait interdit à son fils de retourner au château de Lorridaile. Mais lady Lorridaile avait gardé de son charmant neveu un tendre souvenir, et, tout en craignant qu'il n'eût fait en Amérique un sot mariage, elle avait été indignée d'apprendre que le père du capitaine Errol avait rompu tout rapport avec lui, et que personne de la famille ne savait où et comment il vivait. Un jour, on avait appris sa mort ; puis Bevis s'était tué en tombant de cheval ; Maurice était mort d'une mauvaise fièvre, à Rome ; et c'est alors qu'il fut question de l'enfant né en Amérique et qu'on l'envoya chercher pour le ramener à Dorincourt et en faire le nouveau lord Fauntleroy.

— Probablement pour y gâcher sa vie comme celle des autres, avait dit lady Lorridaile à son mari ; à moins que sa mère ait assez de valeur et de volonté pour veiller elle-même sur son fils.

Mais quand elle apprit que la mère de Cédric était séparée du petit garçon, lady Lorridaile fut remplie d'indignation.

— C'est une honte, Harry ! s'exclama-t-elle. Imaginez un enfant de cet âge qu'on arrache à sa mère pour en faire le compagnon d'un homme comme mon frère ! Ou le vieux comte traitera l'enfant avec dureté, ou il lui passera tous ses caprices et en fera un petit monstre. Si je croyais que cela serve à quelque chose d'écrire à mon frère...

— Cela ne servirait à rien, Constance, dit sir Harry.

— Je le sais, reprit-elle. Je connais trop bien Sa Seigneurie le comte de Dorincourt ; mais c'est révoltant !

Les fermiers et les pauvres gens n'étaient pas les seuls à s'entretenir du petit lord Fauntleroy ; d'autres encore le connaissaient de réputation. Sa belle mine, son caractère aimable, sa popularité dans le pays et son influence croissante sur le comte son grand-père étaient également un sujet de conversation dans la société de la région. On parlait de lui dans les réunions. Les dames se demandaient s'il était aussi bel enfant qu'on le disait et plaignaient la jeune mère. Les hommes qui connaissaient le comte et sa manière d'être riaient de bon cœur à l'idée que le petit garçon était convaincu de l'amabilité de son grand-père. Sir Thomas Asshe, de Asshaine Hall, passant un jour par Erleboro', avait rencontré lord Dorincourt se promenant avec son petit-fils, et il s'était arrêté pour lui serrer la main et le féliciter de sa bonne mine et de la guérison de sa jambe.

— Et je puis vous affirmer, ajoutait-il en racontant l'incident, que le vieux comte avait l'air fier comme un paon. Je ne m'en étonne pas, d'ailleurs, car je n'ai jamais vu plus beau petit garçon que son petit-fils, droit comme un I, et aussi d'aplomb sur son poney qu'un vieux cavalier.

Lady Lorridaile avait donc entendu parler du petit lord ; elle connaissait l'histoire d'Higgins, celle du petit boiteux, celle des chaumières d'Earl's Court, et vingt autres choses encore, et elle mourait d'envie de connaître l'enfant lui-même. Tandis qu'elle se demandait comment elle pourrait s'y prendre pour y arriver, elle reçut, à sa grande surprise, une lettre de son frère l'invitant à venir séjourner à Dorincourt avec son mari.

— C'est prodigieux ! s'exclama-t-elle. J'ai entendu dire que l'enfant avait accompli des miracles, et je commence vraiment à le croire. On dit que mon frère adore ce petit et ne peut se passer de lui. Il en est si fier ! Je crois véritablement qu'il a envie de nous le faire connaître.

Et elle accepta l'invitation sur-le-champ.

Quand elle arriva au château de Dorincourt avec son mari, le soir tombait, et elle se rendit directement à sa chambre avant de voir son frère. Une fois habillée pour le dîner, elle descendit au salon. Le comte s'y trouvait, debout près du feu, l'air très imposant avec sa haute taille et ses cheveux blancs ; à côté de lui se tenait un petit garçon vêtu d'un costume de velours noir orné d'un grand col de dentelle — un petit garçon dont la figure ronde et souriante était si jolie et qui tournait vers elle de beaux yeux bruns si candides que lady Lorridaile faillit pousser une exclamation de surprise et de plaisir.

Elle serra la main du comte, en lui donnant le nom dont elle n'avait plus usé depuis le temps où elle était jeune fille.

— Eh bien ! Molyneux, dit-elle, voilà donc votre petit-fils ?

— Oui, Constance, répondit le comte ; c'est lui.

— Fauntleroy, cette dame est votre grand-tante, lady Lorridaile.

— Comment allez-vous, grand-tante ? dit Fauntleroy.

Lady Lorridaile lui mit la main sur l'épaule, et, après avoir considéré quelques secondes le visage levé vers elle, elle l'embrassa tendrement.

— Je suis votre tante Constance, dit-elle. J'aimais bien votre pauvre papa, et vous lui ressemblez beaucoup.

— Cela me fait plaisir chaque fois que j'entends dire cela, répondit Fauntleroy, car il me semble que tout le

monde aimait mon papa, juste comme on aime Chérie...,
tante Constance, répondit Cédric, ajoutant ces deux derniers mots après une seconde de pause.

Lady Lorridaile était ravie. Elle se pencha pour
l'embrasser de nouveau, et, de ce moment, ils devinrent
tous deux d'excellents amis.

— Eh bien ! Molyneux, dit-elle en prenant le comte
à part un instant après, vous ne pouviez rien espérer
de mieux.

— En effet, dit brièvement le comte. C'est un charmant petit gars. Nous nous entendons à merveille. Il me
croit le plus doux et le plus charmant des philanthropes.
Je vous avouerai, Constance, — et si je ne vous l'avouais
pas, vous vous en apercevriez toute seule, — que je suis
en passe de devenir tout à fait ridicule à cause de lui.

— Qu'est-ce que sa mère pense de vous ? demanda
lady Lorridaile avec sa franchise habituelle.

— Je ne le lui ai pas demandé, répondit le comte
dont le visage se renfrogna légèrement.

— Eh bien ! dit lady Lorridaile, je vais tout de
suite vous dire mon opinion, Molyneux : je n'approuve
pas votre façon d'agir, et je vous préviens que j'ai
l'intention de faire visite à Mme Errol aussitôt que
possible ; de sorte que si vous voulez me chercher querelle à ce sujet, vous pouvez aussi bien le faire tout de
suite. Ce que j'entends dire de cette jeune femme me
donne la conviction que l'enfant lui doit tout. Le bruit
est venu jusqu'à Lorridaile qu'elle est adorée déjà par
vos plus pauvres tenanciers.

— C'est *lui* qu'ils adorent, dit le comte en désignant
Fauntleroy d'un mouvement de tête. Quant à Mme Errol,
vous trouverez en elle une jeune et jolie femme. Je lui
dois quelque reconnaissance pour avoir donné un peu
de sa beauté à l'enfant, et vous pouvez aller la voir si
cela vous plaît. Tout ce que je désire, c'est qu'elle reste
à Court Lodge, et que vous ne me demandiez pas de vous
y accompagner.

Et il fronça de nouveau légèrement les sourcils.

— Il ne la déteste plus autant qu'avant, cela me

paraît évident, dit plus tard lady Lorridaile à sir Harry. Mon frère a changé quelque peu, et, si incroyable que cela paraisse, Harry, j'estime que ce qui est parvenu à l'humaniser, ce n'est ni plus ni moins que son affection pour ce gentil petit homme. Mais quoi ! cet enfant l'aime : il s'appuie sur son fauteuil, contre son genou. Ses propres enfants n'auraient pas eu l'idée de faire une chose pareille : autant se blottir contre un tigre !

Dès le lendemain, elle alla faire visite à Mme Errol. De retour, elle dit à son frère :

— Molyneux, c'est la jeune femme la plus exquise que j'aie jamais vue ! Elle a une voix de cristal, et vous pouvez la remercier d'avoir fait l'enfant ce qu'il est. Elle lui a donné mieux que la beauté et vous commettez une grave erreur en ne lui persuadant pas de venir s'installer ici pour vous prendre en main. Pour ma part, je l'inviterai à Lorridaile.

— Elle ne quittera pas son fils, répondit le comte.

— Je compte bien avoir le fils également, fit en riant lady Lorridaile.

Mais elle savait qu'on ne lui abandonnerait pas Fauntleroy facilement. Chaque jour elle voyait plus clairement combien ces deux êtres, le grand-père et le petit-fils, étaient profondément attachés l'un à l'autre, comment l'orgueilleux et terrible vieillard avait concentré ses espérances, ses ambitions et son affection sur l'enfant, et comment celui-ci, de tout son cœur ardent et ingénu, lui rendait son affection avec une foi et une confiance absolues.

Elle savait aussi que la raison principale du grand dîner projeté, c'était le désir qu'avait le comte de montrer au monde son petit-fils, l'héritier de son nom, et de laisser voir à ses relations que l'enfant qui avait donné lieu à tant de commentaires et de descriptions était encore un plus beau petit garçon que ne l'avait représenté la rumeur publique.

— Bevis et Maurice, tout le monde le sait, ne lui avaient jamais causé que des humiliations, dit lady

Lorridaile à son mari. Il en était venu à les détester. Mais ici, son orgueil peut se donner libre cours.

Peut-être n'y eut-il pas une personne qui acceptât l'invitation sans éprouver de la curiosité à l'égard du petit lord Fauntleroy, et sans se demander s'il serait présent à la réunion.

Or, le jour venu, lord Fauntleroy était aux côtés de son grand-père.

— Le petit a de bonnes manières, avait dit le comte, il n'ennuiera personne. Les enfants sont généralement stupides ou assommants — les miens étaient l'un et l'autre. Celui-ci est capable de répondre quand on lui adresse la parole et de garder le silence quand on ne lui parle pas. Il n'est jamais indiscret.

Mais on ne permit pas à Fauntleroy de garder long-temps le silence. Le fait est que tout le monde voulait le faire parler. Les dames le cajolaient et lui posaient des questions, et les messieurs plaisantaient avec lui comme l'avaient fait les passagers du paquebot pendant la traversée. Fauntleroy ne comprenait pas bien pourquoi ses réponses les faisaient tant rire parfois, mais il était si habitué à voir aux gens un air amusé quand lui-même était tout à fait sérieux qu'il ne s'en inquiétait pas.

La soirée le charma d'un bout à l'autre : les splendides appartements étaient si brillamment illuminés, il y avait tant de fleurs partout, les messieurs avaient l'air si gai, les dames portaient des toilettes si belles et si extraordinaires, et elles avaient au cou et dans les cheveux de si jolis bijoux ! Il y avait en particulier une personne que Cédric ne pouvait quitter des yeux. C'était une jeune fille élancée, avec une petite tête altière, des cheveux bruns très fins, de grands yeux veloutés rappelant les pensées violettes, et des joues et des lèvres fraîches comme des roses. Elle portait une jolie robe blanche et un collier de perles. Tant de messieurs l'entouraient et paraissaient désireux de lui plaire, que Fauntleroy en conclut qu'elle devait être quelque chose comme une princesse. Il était si attiré vers elle qu'inconsciemment il s'en approchait de plus en plus sans cesser de la dévorer des yeux ; la jeune fille finit par s'en apercevoir et lui adressa la parole.

— Venez près de moi, lord Fauntleroy, lui dit-elle en souriant, et dites-moi pourquoi vous me regardez de cette façon.

— C'est parce que je vous trouve très belle, répondit le jeune lord.

A ces mots, tous les messieurs éclatèrent de rire ; la jeune fille rit, elle aussi, tandis que le rose de ses joues s'accentuait.

— Ah ! Fauntleroy, dit l'un des messieurs qui avait l'air de s'amuser beaucoup, profitez bien de votre jeune temps. Quand vous serez plus grand, vous n'aurez plus l'audace de dire de telles choses.

— Mais comment peut-on s'en empêcher ? observa Fauntleroy d'un ton suave. Comment le pouvez-vous ? Ne trouvez-vous pas aussi qu'elle est très belle ?

— Nous ne sommes pas autorisés à dire ce que nous pensons, répondit son interlocuteur, tandis que les autres riaient de plus belle.

Mais la jolie jeune fille, qui s'appelait miss Viviane Herbert, tendit la main et attira Cédric à côté d'elle de l'air le plus charmant.

— Lord Fauntleroy peut me dire tout ce qu'il pense, dit-elle. Cela me fera plaisir. Je suis sûre qu'il pense ce qu'il dit.

Et elle posa un baiser sur la joue du petit garçon.

— Je crois que je n'ai jamais vu de dame aussi jolie que vous, sauf Chérie, dit Fauntleroy en la regardant avec des yeux naïvement admiratifs. Naturellement, je ne pense pas qu'une autre dame puisse être aussi jolie que Chérie. Je crois qu'il n'y a personne d'aussi joli au monde.

— J'en suis persuadée, dit miss Viviane Herbert qui se mit à rire et l'embrassa de nouveau.

Elle le garda près d'elle une grande partie de la soirée, et le groupe dont ils formaient le centre était très gai. Sans qu'il sût comment il y avait été amené, Cédric ne tarda pas à leur raconter toutes sortes de choses sur l'Amérique, le cortège républicain, M. Hobbs, Dick, et pour finir il tira orgueilleusement de sa poche le présent d'adieu de son ami Dick, le foulard de soie rouge.

— Je l'ai mis dans ma poche ce soir, parce que c'était une grande réunion, dit-il. J'ai pensé que cela ferait plaisir à Dick que je m'en serve dans une grande réception.

Mais si bizarre que pût paraître le grand foulard bariolé, les yeux du petit garçon avaient un regard sérieux et attendri qui empêcha les assistants de rire trop ouvertement.

— J'y tiens énormément, dit-il, parce que Dick est mon ami.

Mais bien qu'on s'occupât beaucoup de lui, Fauntleroy, comme le comte l'avait annoncé, ne se montrait pas encombrant. Quand d'autres parlaient, il savait écouter et se taire, et personne ne le trouva indiscret. A plusieurs reprises il vint se poster près du siège de son grand-père ou s'asseoir à côté de lui sur un tabouret, en ayant l'air de boire ses paroles. A un moment, même, il se tenait si près de lui que sa joue touchait l'épaule du comte ; et celui-ci, apercevant un sourire sur quelques visages, sourit lui-même légèrement. Il savait ce que devaient penser ses invités, et il ressentait un secret amusement de la surprise qu'ils devaient éprouver en voyant en quels termes affectueux il était avec son petit-fils.

On s'attendait à voir paraître M. Havisham dans l'après-midi, mais, chose surprenante, il arriva en retard. Pareil fait ne s'était jamais produit depuis tant d'années qu'il fréquentait le château de Dorincourt. Il était même tellement en retard que le dîner était annoncé et que les convives se levaient pour passer à la salle à manger au moment où il fit son entrée. Quand il s'approcha du comte, celui-ci le regarda avec étonnement, car il avait un air tout troublé et son visage mince était très pâle.

— J'ai été retenu, dit-il au comte à voix basse. J'ai été retenu par... une circonstance extraordinaire.

Il était aussi peu naturel au méthodique homme de loi de manifester de l'agitation que d'être en retard.

Visiblement quelque chose le tourmentait. Au dîner, ce fut à peine s'il mangea, et deux ou trois fois, quand on lui adressa la parole, il sursauta comme s'il avait l'esprit ailleurs. Lorsque Fauntleroy entra, au moment du dessert, M. Havisham le regarda plus d'une fois d'un air anxieux et préoccupé. Fauntleroy s'en aperçut et il en fut tout surpris. M. Havisham et lui étaient très bons amis, et d'habitude ils échangeaient des sourires.

Ce soir-là, l'avoué avait l'air de ne plus savoir sourire.

De fait, il avait tout perdu de vue, sauf l'étrange et douloureuse nouvelle qu'il devait communiquer au comte avant la fin de la soirée — nouvelle qui allait, il le savait, produire une terrible émotion et changer la face des choses. En regardant ces salons splendides où se pressait une brillante compagnie, en regardant ces gens réunis dans le but exprès de voir le petit garçon aux cheveux d'or accoudé au fauteuil de son grand-père, M. Havisham, tout homme d'affaires endurci qu'il fût, éprouvait réellement une violente émotion.

Il ne sut pas exactement comment se termina le long et somptueux dîner. Il y avait pris part comme si tout cela n'eût été qu'un rêve, et il avait vu à plusieurs reprises le comte lui lancer un regard surpris.

Mais le repas se termina enfin, et les messieurs rejoignirent les dames dans le salon. Ils trouvèrent Fauntleroy installé sur un sofa, près de miss Viviane Herbert. Tous deux venaient de regarder ensemble des images, et il remerciait la jeune fille au moment où la porte s'ouvrit.

— Vous avez été si gentille pour moi ! disait-il. Je n'avais jamais assisté à une grande réception, et je me suis bien amusé.

Il s'était tant amusé qu'il n'en pouvait plus ; et tandis qu'il prêtait l'oreille pour tâcher de comprendre les propos joyeux des jeunes gens qui s'étaient groupés de nouveau autour de miss Herbert, ses paupières commencèrent à s'alourdir. Elles devinrent même si lourdes que ses yeux se fermèrent deux ou trois fois ; le joli petit rire de miss Herbert le faisait alors revenir à lui, et il rouvrait les yeux pour quelques secondes. Il était si sûr de ne pas s'endormir ! Mais peu à peu sa tête s'affaissa sur un grand coussin de satin jaune qui se trouvait derrière lui, et au bout d'un instant ses paupières se fermèrent tout à fait. Elles ne s'ouvrirent même pas quand, un long moment après, quelqu'un posa un léger baiser sur sa joue. C'était miss Viviane Herbert qui allait partir, et qui lui parlait très doucement.

— Bonne nuit ! petit lord Fauntleroy, disait-elle ; dormez bien.

Et le lendemain matin, il ne se rappelait pas qu'il s'était efforcé d'ouvrir les yeux et avait murmuré d'une voix ensommeillée :

— Bonne nuit... Je suis si... si content... de vous avoir vue... Vous... vous êtes... si jolie...

Il avait seulement le vague souvenir d'avoir entendu les jeunes gens rire de nouveau, et de s'être demandé pourquoi.

Le dernier invité n'eut pas plus tôt quitté le salon que M. Havisham, quittant le siège qu'il occupait près de la cheminée, s'approcha du sofa et resta debout un instant à contempler le jeune dormeur. Le petit lord Fauntleroy avait pris une pose à la fois gracieuse et confortable. Ses jambes étaient allongées sur le bord du sofa ; il avait un bras rejeté derrière la tête, son visage avait cette chaude coloration que donne aux enfants un sommeil paisible et salutaire ; ses cheveux ébouriffés brillaient sur le coussin de satin jaune. C'était un tableau charmant.

Tout en le regardant, M. Havisham, l'air accablé, caressait d'une main son menton glabre.

— Eh bien ! Havisham, prononça derrière lui la voix bourrue du comte, qu'y a-t-il donc ? Il se passe quelque chose, c'est évident. Puis-je vous demander quelle était cette circonstance extraordinaire ?

M. Havisham se tourna vers lui en continuant à se frotter le menton.

— C'est une mauvaise nouvelle, répondit-il. Une nouvelle désolante, monsieur le comte... La pire des nouvelles. Je suis fâché d'en être le porteur.

Lord Dorincourt s'était senti l'esprit mal à l'aise une partie de la soirée depuis le moment où il avait posé les yeux sur M. Havisham ; et quand il avait quelque souci, il était toujours de mauvaise humeur.

— Pourquoi regardez-vous l'enfant de cette façon ? s'écria-t-il avec impatience. Vous l'avez regardé toute la soirée comme si... Voyons, Havisham, qu'avez-vous besoin de vous pencher sur lui comme un oiseau de mauvais augure ? Votre nouvelle a-t-elle quelque chose à voir avec lord Fauntleroy ?

— Monsieur le comte, dit M. Havisham, je ne me perdrai pas en paroles inutiles. La nouvelle que je vous apporte concerne particulièrement lord Fauntleroy. Et si nous devons y ajouter foi, ce n'est pas lord Fauntleroy qui dort en ce moment sous nos yeux, mais simplement le fils du capitaine Errol. Et le vrai lord Fauntleroy est le fils de votre fils Bevis, qui se trouve en ce moment dans un hôtel meublé de Londres.

Le comte étreignit si fortement les bras de son fauteuil que les veines de ses mains se gonflèrent. Les veines de son front apparurent également, et le vieux visage farouche devint presque livide.

— Que voulez-vous dire ? s'écria-t-il. Vous êtes fou ! Quel est ce mensonge ?

— Si c'est un mensonge, répondit M. Havisham, il a malheureusement l'apparence de la vérité. Une femme s'est présentée ce matin à mon étude. Elle m'a dit que votre fils Bevis l'avait épousée à Londres, il y a six ans. Elle m'a montré le certificat de leur mariage. Au bout d'un an ils se seraient disputés et votre fils lui aurait donné une somme d'argent pour qu'elle s'en allât. Elle a un fils de cinq ans. C'est une Américaine appartenant certainement à un milieu des plus vulgaires, une femme très ignorante qui n'avait pas compris jusqu'à ces temps derniers ce à quoi son fils pouvait prétendre. Elle a consulté un homme d'affaires et découvert que l'enfant est en réalité lord Fauntleroy, l'héritier du nom et du domaine de Dorincourt, et naturellement elle tient à faire reconnaître ses droits.

La tête bouclée fit un mouvement sur le coussin jaune. Un long et doux soupir ensommeillé s'échappa des lèvres entrouvertes, et le petit garçon remua un peu, mais pas d'une façon inquiète ou agitée. Son sommeil ne paraissait pas le moins du monde troublé par le fait qu'on le représentait comme un petit imposteur qui n'était pas lord Fauntleroy et ne serait jamais le comte de Dorincourt. Il tourna seulement un peu sa figure rose, comme pour permettre au vieillard qui le contemplait gravement de le mieux voir.

Le beau visage sévère du comte de Dorincourt, que contractait un sourire amer, était affreusement pâle.

— Je me refuserais à croire un mot de tout cela, dit-il, s'il n'entrait dans cette affaire assez de bassesse et de canaillerie pour que le nom de mon fils Bevis s'y trouve mêlé. Cela lui ressemble tout à fait. Il a toujours été la honte de la famille. Une jeune brute vicieuse, fausse et sans volonté, voilà ce qu'était mon fils et mon héritier, Bevis, lord Fauntleroy. Cette femme est ignorante et vulgaire, dites-vous ?

— Je dois reconnaître qu'elle peut à peine épeler son nom, répondit l'avoué. Elle n'a pas la moindre éducation et montre une âme vénale. L'argent seul compte pour elle. C'est une très belle femme dans son genre — un genre très ordinaire.

Le vieil avoué au goût délicat s'interrompit soudain en tressaillant.

Sur le front du comte, les veines saillaient comme des cordons violets ; des gouttes de sueur froide y perlaient. Le comte prit son mouchoir et les essuya. Son rictus se fit encore plus amer.

— Et moi, fit-il, qui trouvais à redire... à l'autre, à la mère de cet enfant ! (Il désigna du geste la forme allongée sur le sofa.) J'ai refusé de la reconnaître comme ma belle-fille. Celle-là pouvait épeler son nom, c'est un juste retour des choses, j'imagine.

Soudain, il quitta son siège et se mit à arpenter la pièce. Des paroles furieuses et terribles s'échappèrent de ses lèvres. La colère, la haine que soulevait en lui sa cruelle déception le secouaient comme l'orage secoue un arbre. Son emportement était terrible à voir ; et cependant M. Havisham observa qu'au plus fort de sa fureur le comte n'avait jamais l'air d'oublier la présence du petit garçon endormi sur les coussins de satin jaune, et que pas une seule fois il n'éleva la voix assez haut pour le réveiller.

— J'aurais dû m'en douter, s'écria-t-il. Ils ont été une honte pour moi dès leurs premières années ! Je ne pouvais les souffrir, et tous deux me détestaient ! Bevis était le pire des deux. Pourtant, je ne veux pas encore y croire ! Je lutterai jusqu'au bout. Mais c'est bien digne de Bevis... c'est bien digne de lui !

Alors il s'emporta de nouveau et posa des questions sur cette femme, sur les preuves qu'elle présentait, et tout en arpentant la pièce il rougissait et pâlissait tour à tour de fureur contenue.

M. Havisham, ayant achevé de mettre son noble client au courant de la situation, le regarda avec un sentiment d'inquiétude. Le vieux gentilhomme avait l'air brisé, hagard, décomposé. Les grands accès de fureur avaient toujours été mauvais pour lui ; mais celui-ci lui avait fait encore plus de mal, parce que ce n'était pas seulement la colère qui le bouleversait.

Il finit par revenir lentement près du sofa.

— Si quelqu'un m'avait dit que je m'attacherais à un enfant, dit-il très bas d'une voix rauque et mal assurée, je ne l'aurais jamais cru. J'avais toujours eu horreur des enfants... des miens plus que des autres. J'aime celui-ci et il m'aime. (Il eut un sourire amer.) Je ne suis pas populaire dans mon entourage, je ne l'ai jamais été. Mais lui m'aime. Il ne m'a jamais craint et il a toujours eu confiance en moi. Il aurait rempli ma place mieux que je ne l'ai fait. Je le sais. Il aurait fait honneur au nom de Dorincourt.

Il se pencha et demeura un instant à regarder le visage souriant du dormeur. Ses sourcils touffus étaient contractés, et pourtant il n'avait plus l'air furieux. Il avança la main pour écarter la chevelure blonde qui retombait sur le front de l'enfant, puis se retourna pour tirer la sonnette.

Quand le valet de pied parut, le comte lui désigna le sofa.

— Prenez..., dit-il (et sa voix se brisa un peu)... prenez lord Fauntleroy et emportez-le dans sa chambre.

XI
On s'inquiète
en Amérique

Lorsque le jeune ami de M. Hobbs l'eut quitté pour aller au château de Dorincourt et devenir lord Fauntleroy, et lorsque l'honorable épicier se fut rendu compte que toute la largeur de l'océan Atlantique le séparait maintenant du petit compagnon qui avait passé tant de bonnes heures dans sa société, il se sentit tout à coup très seul. M. Hobbs, il faut le dire, n'était pas doué d'une intelligence très brillante, ni d'une grande vivacité d'esprit. C'était, à la vérité, un homme lent et lourd, qui ne voyait pas grand monde en dehors des clients de son magasin, et ne connaissait guère d'autres distractions que de lire les journaux et de faire ses comptes. Ces longues additions étaient du reste pour lui une tâche assez ardue, et il lui fallait beaucoup de temps à certains jours pour les faire tomber justes. Avant son départ pour l'Angleterre, Cédric, qui ne s'en tirait pas mal du tout à l'aide de ses doigts, d'un crayon et d'une ardoise, avait essayé parfois de l'aider. De plus, le petit garçon était un auditeur si attentif, il prenait tant d'intérêt à ce que disait le journal, et M. Hobbs et lui avaient de si longues et si intéressantes conversations sur la Révolution, les Anglais, les élections et le parti républicain, qu'il n'y avait rien d'étonnant que son départ laissât un tel vide dans l'épicerie.

Au début, M. Hobbs n'avait pas l'impression que Cédric fût parti si loin ; il lui semblait que le petit lord ne serait pas longtemps sans revenir, qu'un jour prochain, en levant les yeux au-dessus de son journal, il l'apercevrait dans l'encadrement de la porte avec son costume blanc, ses chaussettes rouges et son chapeau de paille posé en arrière, et qu'il l'entendrait dire de sa petite voix joyeuse : « Hé ! monsieur Hobbs, qu'il fait donc chaud aujourd'hui ! » Mais comme les jours passaient sans rien amener de semblable, M. Hobbs commençait à se sentir très triste et très déprimé. Il n'avait plus le même plaisir qu'auparavant à lire son journal et, quand il l'avait terminé, il le posait sur son genou et demeurait un long moment à fixer le grand tabouret. Sur les pieds de ce tabouret il y avait des marques dont la vue rendait M. Hobbs tout mélancolique : c'étaient les marques faites par les talons du futur comte quand celui-ci causait en agitant les jambes. Il faut croire que même les comtes en herbe donnent des coups de pied aux sièges sur lesquels ils sont assis ; la noblesse et le haut lignage n'y font rien. Après avoir considéré les marques du tabouret, M. Hobbs tirait sa montre en or, l'ouvrait et regardait l'inscription qui était gravée dans le boîtier : « Souvenir de lord Fauntleroy à son vieil ami M. Hobbs. *En regardant ceci, pensez à votre ami.* » Après l'avoir considérée un moment, il refermait le boîtier avec un bruit sec, poussait un soupir, se levait et allait se poster à l'entrée de la boutique entre la caisse de pruneaux et le baril de pommes, et regardait dans la rue. Le soir, après la fermeture du magasin, il allumait sa pipe et suivait lentement le trottoir jusqu'à la maison que Cédric avait habitée et sur laquelle était placardé un écriteau annonçant : « MAISON A LOUER. » Il s'arrêtait en face, la regardait, secouait la tête, tirait quelques grosses bouffées de sa pipe, puis, au bout d'un moment, retournait tristement chez lui.

Deux ou trois semaines se passèrent ainsi, avant qu'une idée nouvelle germât dans son esprit. Lent et lourd par nature, il lui fallait toujours beaucoup de temps pour accueillir une idée nouvelle. D'une façon générale, il préférait les anciennes. Au bout de deux ou trois semaines, durant lesquelles les choses, au lieu de s'a ranger, ne firent qu'empirer, un projet se forma pourtant dans son esprit et y mûrit lentement : il irait voir Dick. M. Hobbs fuma un grand nombre de pipes avant d'arriver à cette conclusion, mais finalement il y parvint : il irait voir Dick. Il savait par Cédric qui était Dick et tout ce qui le concernait ; et son idée, c'était qu'il pourrait trouver quelque réconfort à s'entretenir avec Dick de tout ce qui lui remplissait l'esprit.

Un jour donc, comme Dick s'occupait activement à brosser les chaussures d'un client, un homme gros et court, au visage épais et au crâne chauve, s'arrêta sur le trottoir et tomba en arrêt devant l'enseigne du cireur de bottes.

Le Professeur Dick Tipton ne peut être battu par personne.

Le gros homme la contempla si longtemps qu'il attira l'attention de Dick et, dès que celui-ci eut achevé de donner le brillant désirable aux chaussures de son client, il se tourna vers le nouveau venu.

— Un coup de brosse, m'sieu ? lui proposa-t-il.

Le gros homme s'avança sans se presser et posa son pied sur la boîte.

— Oui, répondit-il.

Tandis que Dick se mettait à la besogne avec énergie, les yeux de M. Hobbs allaient de Dick à l'écriteau et de l'écriteau à Dick.

— Où vous êtes-vous procuré cela ? demanda-t-il.

— C'est un cadeau d'un ami à moi, répondit Dick. Il m'a donné tout mon fourniment ; c'est un petit gars comme on n'en voit pas beaucoup. A c't'heure, il est en Angleterre, parti pour devenir un lord, croiriez-vous ?

— Vraiment ? fit lentement M. Hobbs, d'un air méditatif. Lord... lord... Fauntleroy, peut-être ?... plus tard comte de Dorincourt ?

Dick faillit en laisser tomber sa brosse :

— Comment, patron, vous le connaissez aussi ?

— Je le connais depuis sa naissance, prononça M. Hobbs en essuyant son front luisant. Lui et moi, nous sommes des amis de toujours. Voilà ce que nous sommes.

Tout ému de cette conversation, il tira sa montre de son gousset et fit voir à Dick l'intérieur du boîtier.

— « *En regardant ceci, pensez à votre ami* », lut-il. C'est son souvenir d'adieu. « Je ne veux pas que vous puissiez m'oublier », ce sont ses propres mots. Il ne m'aurait rien donné et je n'entendrais plus jamais parler de lui que je ne l'oublierais pas quand même. Cet enfant était si gen'il qu'on ne peut pas l'oublier comme ça.

— J'ai jamais vu plus gentil petit gamin, déclara Dick, et pour avoir du cran, j'vous réponds qu'il a du cran. Il m'plaisait, c'gosse. On a été tout de suite copains, lui et moi. Je lui avais rattrapé son ballon sous un omnibus, et il ne l'a jamais oublié. Il venait me voir avec sa mère ou sa bonne, et il me criait : « Ohé, Dick ! » comme s'il était de ma taille au lieu d'être haut comme trois pommes. Oui, c'est un chic petit gosse, et quand on était dans le pétrin, ça faisait du bien de causer un peu avec lui.

— Tout à fait ça, dit M. Hobbs. C'est bien malheureux d'en avoir fait un comte. Il aurait brillé dans le commerce de l'épicerie. Oui... positivement brillé.

M. Hobbs hocha la tête avec plus de mélancolie que jamais.

Ils avaient tant de choses à se dire qu'un seul entretien ne pouvait y suffire. Il fut donc entendu que, la prochaine fois, ce serait Dick qui viendrait rendre visite à M. Hobbs dans son magasin. Ce plan enchanta Dick. Il avait été presque toute sa vie un pauvre gosse abandonné, mais il n'avait jamais été un mauvais garçon, et il aspirait en secret à une forme plus respectable d'existence. Depuis qu'il était à son compte, il se faisait assez d'argent pour pouvoir dormir sous un toit au lieu de coucher dehors, et il espérait bien atteindre un niveau encore supérieur. Aussi, être invité à rendre visite à un homme gros et respectable qui tenait boutique au coin d'une rue et possédait même un cheval et une voiture, lui faisait l'effet d'un véritable événement.

— Est-ce que vous savez quelque chose sur les comtes et les gens qui habitent dans des châteaux ? questionna M. Hobbs. Parce que, voyez-vous, j'aimerais me renseigner un peu sur leurs façons.

— Il y a justement une histoire de comtes dans la *Penny Story Gazette,* s'écria Dick. Ça s'appelle « La Couronne sanglante, ou la Vengeance de la comtesse May ». Une histoire épatante !... Nous sommes plusieurs copains qui achetons la *Gazette* à tour de rôle pour la suivre.

— Apportez ça quand vous viendrez, dit M. Hobbs, et je vous paierai les numéros. Apportez toutes les histoires que vous trouverez sur les comtes. S'il n'y a pas de comtes, des ducs ou des marquis feront l'affaire, bien que le petit n'en ait jamais parlé. Nous avons un peu causé de couronnes, — vous savez, les couronnes que les comtes se mettent sur la tête, — mais je n'ai jamais eu l'occasion d'en voir. Je pense qu'on n'en tient pas ici dans les magasins.

— Si quelqu'un en vendait, ce serait Tiffany [1], observa Dick, mais j'sais pas si j'en reconnaîtrais une en la voyant.

M. Hobbs ne dit pas qu'il était dans le même cas. Il se contenta de hocher la tête d'un air réfléchi.

— Je suppose que ce ne serait pas d'une vente courante par ici, dit-il.

Et là-dessus se termina l'entretien, qui fut le début d'une sérieuse et durable amitié.

Lorsque Dick vint lui faire visite au magasin, M. Hobbs le reçut d'une façon des plus hospitalières. Il lui indiqua un siège appuyé contre la porte et, dès que son jeune visiteur fut installé, lui désigna avec sa pipe le baril de pommes qui était à côté de lui en disant :

— Servez-vous.

Puis il jeta un coup d'œil sur les journaux que Dick avait apportés, et ils se mirent à discuter sur l'aristocratie britannique. M. Hobbs tirait de grosses bouffées de sa pipe et hochait fréquemment la tête. Il la hocha surtout en montrant les encoches du grand tabouret.

— Ce sont les marques de ses coups de pied, dit-il avec émotion. Je reste des heures à les regarder. Tout change vite en ce bas monde. Il n'y a pas longtemps qu'il était assis là, sur ce tabouret, et mangeait des biscuits de ces boîtes ou croquait des pommes de ce baril en jetant les pépins dans la rue. Maintenant, le voilà devenu lord, et il habite un château. Ce sont les marques des coups de pied d'un lord, et un jour ce seront les marques des coups de pied d'un comte. Des fois je me dis comme cela : « Que le diable m'emporte si j'avais prévu chose pareille ! »

1. Maison américaine d'orfèvrerie.

M. Hobbs sembla tirer un grand réconfort de la visite de Dick et des confidences qu'il lui fit. Avant que son visiteur s'en allât, ils soupèrent ensemble dans l'arrière-boutique avec des biscuits, du fromage, des sardines et autres victuailles tirées des approvisionnements du magasin. M. Hobbs déboucha solennellement deux bouteilles de bière de gingembre et, remplissant deux verres, proposa un toast.

— A la santé de notre jeune ami ! dit-il en levant son verre, et puisse-t-il donner une leçon à ces comtes, ces marquis, ces ducs et toute leur clique !

A partir de cette soirée, Dick et lui se virent souvent, et M. Hobbs recouvra un peu son entrain. Ils lurent ensemble la *Penny Story Gazette* et beaucoup d'autres choses intéressantes, et acquirent ainsi, sur les habitudes de la noblesse, des notions qui eussent fortement surpris les membres de cette classe méprisée. Un jour, M. Hobbs fit même une expédition en ville jusque chez un libraire, dans le but exprès d'enrichir leur commune bibliothèque. Il s'approcha d'un employé et, s'appuyant sur le comptoir, lui demanda :

— Je voudrais un livre sur les comtes.

— Quoi donc ? s'exclama l'employé.

— Un livre sur les comtes, répéta l'épicier.

— J'ai peur, dit l'employé un peu interloqué, de ne pas avoir ce que vous demandez.

— Vous n'avez pas ça ? fit M. Hobbs, d'un air déçu. Eh bien ! alors, quelque chose sur les marquis ou les ducs ?

— Je ne connais rien de semblable, répondit l'employé.

M. Hobbs était tout désappointé. Il regarda le sol, puis, relevant les yeux :

— Rien non plus sur les dames des comtes ? demanda-t-il.

— J'ai peur que non, dit l'employé avec un sourire.

— Eh bien ! s'exclama M. Hobbs, que le diable m'emporte !

Il était sur le point de sortir du magasin, lorsque l'employé le rappela pour lui demander si une histoire où des gens de la noblesse joueraient les principaux rôles ferait son affaire.

M. Hobbs répondit qu'à défaut d'un volume entier sur les comtes, cela pourrait faire son affaire. L'employé lui vendit donc un livre qui avait pour titre : *La Tour de Londres,* et M. Hobbs emporta le volume chez lui.

Lorsque Dick revint, ils en commencèrent la lecture. C'était une histoire passionnante qui se passait sous le règne de la fameuse reine qu'on désigne parfois sous le nom de « Mary la Sanglante [1] ». Quand M. Hobbs apprit qui était Mary, et l'habitude qu'elle avait de couper la tête de ses sujets, de les mettre à la torture ou de les brûler vifs, il fut pris d'une vive émotion. Il retira sa pipe de sa bouche, fixa Dick avec des yeux ronds et fut obligé de s'éponger le front avec son mouchoir rouge.

— Mais c'est qu'il n'est pas en sûreté ! fit-il ; il n'est pas du tout en sûreté ! Si les femmes qui montent là-bas sur le trône sont capables de donner des ordres pareils, on ne peut pas savoir ce qui lui arrive en ce moment. Qu'une femme comme celle-là devienne folle, et personne n'est plus en sûreté.

— Oui, fit remarquer Dick qui avait lui-même l'air quelque peu inquiet, mais voyez-vous, cette femme-là, ce n'est pas celle qui commande là-bas en ce moment. Je connais son nom : Victoria, qu'elle s'appelle, et celle-ci, dans le livre, e's'nomme Mary.

— C'est vrai, dit M. Hobbs en continuant à s'éponger le front. C'est vrai. Et les journaux ne disent rien de ces histoires de chevalet, de poucettes ou de bûchers. Tout de même, cela ne semble pas très sûr pour lui de demeurer là-bas avec de si drôles de gens. Ma parole, je me suis laissé dire qu'ils ne fêtaient même pas le Quatre Juillet !

M. Hobbs se sentit mal à l'aise pendant plusieurs jours, et ce ne fut qu'après avoir reçu la lettre de Fauntleroy, l'avoir lue d'abord tout seul, puis avec

---

1. Mary Tudor (1516-1558).

Dick, et lu également la lettre que Dick lui apporta vers la même époque, qu'il recouvra sa sérénité.

Tous deux furent enchantés de leurs lettres ; ils les lurent et les relurent, en causèrent ensemble et en savourèrent les moindres mots. Ils passèrent ensuite des heures à composer leurs réponses et les ressassèrent presque autant de fois qu'ils avaient lu les lettres du jeune lord.

Ce fut un vrai travail pour Dick d'écrire la sienne. Toute sa science en lecture et en écriture avait été acquise au cours des quelques mois où, vivant près de son frère, il avait pu fréquenter une école du soir. Mais comme c'était un garçon intelligent, il avait tiré le meilleur parti de cette brève période d'instruction. Depuis lors, il continuait à étudier l'orthographe dans les journaux et à faire des exercices d'écriture avec un morceau de craie sur les trottoirs, les murs et les palissades.

Peu à peu, il raconta toute sa vie à M. Hobbs : il lui parla de Ben, son frère aîné, qui s'était montré bon pour lui après la mort de leur mère. Leur père était déjà mort, alors que Dick était encore tout petit. Ben avait fait vivre tant bien que mal son petit frère jusqu'à ce que le gamin fût assez grand pour vendre des journaux et faire des commissions. Ils avaient longtemps habité ensemble, et Ben, devenu jeune homme, avait fini par trouver une très bonne place dans un magasin.

— Mais alors, s'exclama Dick sur un ton de dégoût, voilà-t-il pas qu'il s'avise de se marier ! Voilà-t-il pas qu'il se toque d'une fille, l'épouse et se met en ménage dans deux mansardes !... Mais il était tombé sur une rude gaillarde, — ma parole, un vrai chat sauvage ! Quand elle était en colère, elle déchirait tout ce qui lui tombait sous la main. Et elle était tout le temps en colère. Elle a eu un fils qui lui ressemblait en tout ; il criait jour et nuit. Elle voulait même que je le soigne, et quand il braillait trop fort, elle me flanquait des choses à la tête. Un jour elle m'a jeté une assiette, qui est arrivée sur le mioche et lui a fendu le menton. Le docteur a dit qu'il en garderait la trace toute sa vie. Ah ouiche ! une jolie mère ! Folle à lier, que je vous dis ! Je vous prie de croire qu'elle en a fait voir de drôles à Ben, à moi et au gosse. Elle ne décolérait pas parce que Ben ne gagnait pas assez d'argent pour son goût, si bien que, pour finir, Ben est parti dans l'Ouest avec un camarade pour essayer de faire de l'élevage dans un ranch. Il n'était pas parti depuis huit jours qu'un soir, en rentrant de vendre mes journaux, j'ai trouvé tout bouclé, et la logeuse m'a dit que Minna n'était plus là... qu'elle avait décampé, quoi ! Quelqu'un d'autre a raconté qu'elle s'était embarquée comme bonne, avec une dame qui avait, elle aussi, un moutard. Depuis, je n'en ai plus jamais entendu parler. Ben non plus n'a jamais eu de ses nouvelles. A sa place, j'aurais dit « Bon débarras ! » et je pense que c'est ce qu'il a fini par faire ; mais, au début, il se serait mis à genoux devant elle. J'vous le dis, il en était toqué. C'était du reste un beau brin de femme quand elle était bien attifée et de bonne humeur. Elle avait de grands yeux noirs et des cheveux noirs qui lui tombaient jusqu'aux genoux ; elle les arrangeait en une tresse grosse comme votre bras qu'elle roulait tout autour de sa tête, et je vous réponds qu'elle savait jouer de l'œil ! On disait qu'elle était à moitié Italienne, que sa mère était venue de ces contrées-là, et que c'est pour ça qu'elle était si drôle. J'vous ai dit qu'elle était folle... positivement folle.

Dick raconta souvent à M. Hobbs des histoires de cette Minna et de son frère Ben dont il avait reçu quelquefois des nouvelles depuis qu'il était parti dans l'Ouest tenter la chance. La chance ne l'avait guère favorisé ; pour commencer, il avait erré de place en place, puis s'était enfin fixé dans un ranch en Californie, où il travaillait au moment où Dick avait fait la connaissance de M. Hobbs.

— C'te fille, disait Dick, en lui enlevant le petit lui a tué tout son courage. Ça m'chavire le cœur pour lui quand j'y pense.

Ils étaient assis tous les deux au seuil du magasin et M. Hobbs bourrait sa pipe.

— Il n'aurait pas dû se marier, prononça gravement l'épicier en se levant pour aller chercher une allumette. Les femmes, je me suis toujours demandé quelle pouvait être leur utilité.

Comme il prenait une allumette dans la boîte, il s'arrêta pour jeter un coup d'œil sur le comptoir.

— Tiens, fit-il, il y a une lettre ! Je ne l'avais pas encore vue. Le facteur a dû la déposer là sans que j'y prenne garde, et le journal s'est trouvé posé dessus.

Il la prit et l'examina avec soin.

— C'est de lui ! s'exclama-t-il. C'est certainement de lui !

Il en oubliait complètement sa pipe. Revenant à sa chaise, tout ému, il prit son canif et ouvrit l'enveloppe.

— Je me demande quelles nouvelles il va nous donner, dit-il.

Sur quoi il déplia la lettre et lut ce qui suit :

« Château de Dorincourt.

« Mon cher monsieur Hobbs,

« J'ecris ceci en grande hâte parce que j'ai quelle que chose de bizard a vous racontez et je sais que vous serez très étoné quand vous saurez ce que c'est. On s'est trompé, je ne suis pas un lord et je ne serais jamais un conte ; il y a une Dame qui s'est marié avec mon oncle Bevis et elle a un petit garçon et c'est lui lord Fauntleroy parce que c'est comme cela en Angleterre ; le garçon du fils aîné d'un conte devient conte si tous les autres sont morts, je veux dire si son père et son grand-père sont morts. Mon grand-père n'est pas mort, mais mon oncle Bevis est mort, et alors c'est son fils qui est lord Fauntleroy et je ne le suis pas parce que mon papa était le plus jeune fils et je m'appele seulement Cédric Errol comme quand j'étai à New York et toutes les choses appartiendront à l'autre garçon. Je croyai même qu'il faudrait que je lui donne mon ponet et la charette, mais mon grand-père dit que ce n'est pas necessère. Mon grand-père est

tres fachez je crois qu'il n'aime pas du tout la Dame.
Mais peut-etre qu'il crois que Chérie et moi nous sommes
tristes parce que je ne serai pas un conte. Cela me dirait
maintenant d'être un conte plus que je ne le croyai
d'abord parce que le chateau est tres beau et que j'aime
tout le monde et quant on est riche on peut faire tant
de choses. Je ne suis plus riche a present et il faut que
j'aprenne a travaillé pour prendre soin de Chérie. J'ai
consuleté Wilkins sur la fasson d'étryer les cheveaux.
Peut-etre que je pourrai me faire cocher.

« La Dame a amené son petit garçon au chateau et mon grand-père et M. Havisham lui ont parlé. Je crois qu'elle était en colere, car elle parlait tres fort et mon grand-père aussi était en colere. Je ne l'avais jamais vu en colere avant. J'espere que cela ne les rendra pas tous foux. J'ai voulu vous praivenir tout de suite ainsi que Dick parce que j'étais sur que cela vous interesserez. La suite a plus tard.

« Votre vieille ami
« CEDRIC ERROL (pas lord Fauntleroy). »

M. Hobbs s'effondra sur son siège, la lettre tomba sur son genou, le canif glissa à terre et l'enveloppe en fit autant.

— Eh bien ! s'exclama-t-il, que le diable m'emporte !

Il était si confondu qu'il mit dans son exclamation favorite plus d'énergie encore que de coutume.

— Alors, demanda Dick, tout est fichu ?

— Fichu ! s'écria M. Hobbs. M'est avis que c'est un coup monté par les aristocrates de là-bas pour le dépouiller de ce qu'il possède, simplement parce qu'il est Américain. Ils nous ont toujours gardé une dent depuis la Révolution, et ils se vengent sur lui. Je vous avais bien dit qu'il n'était pas en sûreté. Voyez ce qui est arrivé ! Il n'y aurait rien d'étonnant que tout le gouvernement se soit entendu pour le dépouiller de ce qui lui appartient légitimement.

M. Hobbs était extrêmement agité. Au début, le changement survenu dans la situation du jeune Errol ne lui avait rien dit de bon ; mais, par la suite, il s'était de plus en plus réconcilié avec l'idée de compter un lord dans ses connaissances, et peut-être même éprouvait-il un secret orgueil de l'opulence de son jeune ami. M. Hobbs pouvait ne pas avoir des comtes une idée très avantageuse ; mais, même en Amérique, l'argent est plutôt considéré avec faveur, et si l'argent et la splendeur devaient disparaître avec le titre, il estimait que c'était vraiment regrettable de le perdre.

— Ils essayent de le dépouiller, répéta-t-il, pas

d'erreur ! Et tous les gens qui ont de l'argent devraient bien s'entendre pour le protéger.

Il retint Dick pour causer de tout cela jusqu'à une heure avancée et, quand son visiteur le quitta, il l'accompagna jusqu'au coin de la rue. En revenant chez lui, M. Hobbs s'arrêta devant la maison vide et demeura quelques instants à considérer l'écriteau : « MAISON A LOUER » en fumant sa pipe. Mais son esprit était fort troublé.

XII
Les deux prétendants

Peu de jours après la grande réception donnée par lord Dorincourt, presque tous les Anglais lisant peu ou prou les journaux apprirent le coup de théâtre qui venait de se produire au château. Cela faisait vraiment une histoire des plus intéressantes quand elle était contée dans tous ses détails. Comme personnages, il y avait le petit garçon qu'on avait amené d'Amérique en Angleterre pour devenir lord Fauntleroy — un si bel enfant, disait-on, et qui s'était déjà fait aimer de tout le monde ; puis il y avait le vieux comte, son grand-père, qui était si fier de son héritier ; il y avait la jeune et charmante mère à qui le comte tenait toujours rigueur d'avoir épousé le capitaine Errol. Il y avait aussi la femme de Bevis, le feu lord Fauntleroy, cette étrangère dont personne ne savait rien et qui apparaissait soudain avec son fils en disant que c'était lui le vrai lord Fauntleroy et qu'il fallait lui rendre ses droits. Toutes ces choses se disaient, s'écrivaient et causaient une grande sensation. La rumeur se répandit que le comte de Dorincourt était moins que satisfait du tour imprévu des événements, qu'il allait sans doute contester ces revendications devant les tribunaux, et que l'affaire pourrait donner lieu à un procès retentissant.

Jamais une telle émotion n'avait agité le comté où est situé Erleboro'. Au marché, les gens se rassemblaient en groupes pour parler de l'affaire et se demander quel en serait le dénouement ; les fermières s'invitaient les unes les autres à prendre le thé afin de pouvoir se communiquer tout ce qu'elles avaient entendu dire, tout ce qu'elles en pensaient et tout ce qu'elles se figuraient que les autres en pensaient. Elles se racontaient d'étonnantes histoires sur la fureur du comte, sa résolution de ne pas reconnaître le nouveau lord Fauntleroy, et sur la haine que lui inspirait la mère du jeune prétendant. Mais, bien entendu, c'est Mme Dibble qui en savait le plus, et sa boutique était plus fréquentée que jamais.

— Cette histoire-là ne promet rien de bon, disait-elle. Et si vous voulez m'en croire, madame, je vous dirai que c'est comme une punition du ciel pour la façon dont le comte a traité cette jeune et charmante créature en la séparant de son enfant. Or, maintenant, il est si fier du petit et il l'aime tant que cette affaire-là lui fait presque perdre la tête. Et qui plus est, cette nouvelle belle-fille n'est pas une dame du monde comme la maman de Sa petite Seigneurie. Elle a une figure hardie, avec des yeux noirs comme des charbons, et M. Thomas dit qu'il n'y a pas de domestique de grande maison qui supporterait d'être commandé par une femme comme ça. « Qu'elle entre dans la maison, qu'il dit, et c'est lui qui en sortira. » Quant au petit garçon, il n'y a pas de comparaison possible entre lui et l'autre. Et Dieu sait ce qui va sortir de tout cela et comment l'affaire se terminera ! Quand Jane m'a appris la nouvelle, on aurait pu me jeter par terre d'une chiquenaude !

Au château, l'émotion régnait partout : à la bibliothèque, où le comte s'entretenait longuement avec M. Havisham ; à l'office, où M. Thomas, le maître d'hôtel, et les autres domestiques, hommes et femmes, se répandaient en commentaires animés à toute heure du jour ; à l'écurie, où Wilkins, en proie à la mélancolie, étrillait et pansait le poney brun avec plus de soin encore qu'à l'ordinaire et disait d'un ton lugubre au cocher « que jamais il n'avait vu un jeune monsieur apprendre si facilement à monter à cheval, et que c'était un plaisir d'escorter un si crâne petit cavalier ».

Au milieu de toute cette émotion, il y avait au moins une personne qui restait parfaitement paisible ; et c'était le petit lord Fauntleroy qu'on disait ne pas être du tout lord Fauntleroy. A dire vrai, quand on l'avait mis au courant de ce qui se passait, il avait ressenti d'abord un peu d'inquiétude ; mais la cause n'en était pas l'ambition déçue. Il était alors assis sur un tabouret et tenait des deux mains son genou, pose qu'il aimait à prendre quand il écoutait quelque chose d'intéressant. Lorsque son grand-père eut terminé ses explications, le visage de Cédric était devenu très grave.

— Cela me rend tout drôle..., fit-il, oui, tout drôle.

Le comte regarda l'enfant en silence. Lui aussi se sentait tout drôle ; il éprouvait une impression qu'il n'avait jamais ressentie au cours de toute son existence. Cette impression s'accentua lorsqu'il vit l'air de tristesse qui voilait la petite physionomie, d'ordinaire si joyeuse.

— Est-ce qu'ils prendront à Chérie sa maison... et aussi sa voiture ? demanda Cédric d'une voix inquiète et mal assurée.

— Non, répondit vivement le comte. Ils ne peuvent rien lui prendre.

— Ah ! vraiment ! fit Cédric avec un évident soulagement.

Alors, il regarda son grand-père avec de grands yeux interrogateurs où se lisait un peu d'anxiété.

— Et l'autre..., dit-il d'une voix tremblante, il va sans doute... sans doute devenir votre petit garçon... comme je l'étais jusqu'ici... dites ?

— Non ! répondit le comte d'une voix si farouche et si forte, que Cédric sursauta.

— Non ? répéta l'enfant tout étonné. Je croyais... il me semblait...

Il sauta subitement de son tabouret.

— Est-ce que je serai encore votre petit garçon, même si je ne dois plus être comte ? dit-il. Est-ce que je continuerai à être votre petit garçon, comme avant ?

Et l'émotion empourprait son visage.

De quel regard le comte enveloppait Cédric ! Comme ses sourcils touffus se contractaient, et comme ses yeux avaient un éclat singulier !

— Mon petit garçon ! prononça-t-il. (Et sa voix elle-même était étrange, presque chevrotante et un peu enrouée.) Oui, vous resterez mon enfant aussi longtemps que je vivrai ; et, morbleu ! j'ai parfois l'impression que vous êtes le seul enfant que j'aie jamais eu.

Le visage de Cédric rougit jusqu'à la racine des cheveux ; mais c'était de joie et de soulagement. Il plongea ses deux mains dans ses poches et regarda son grand-père bien en face.

— Bien vrai ? dit-il. Alors, cela m'est bien égal de ne pas être comte.

Le comte de Dorincourt posa sa main sur l'épaule de son petit-fils.

— Ils ne vous prendront rien de ce que j'ai le droit de vous réserver, dit-il d'une voix un peu étouffée. Et même je ne puis croire qu'ils réussissent à vous enlever quoi que ce soit. Vous étiez fait pour occuper cette place après moi, et je veux croire encore que c'est vous qui l'occuperez.

Il avait un air si solennel qu'on n'eût pas dit qu'il s'adressait à un enfant. C'était plutôt comme s'il se faisait une promesse à lui-même.

Il ne s'était pas rendu réellement compte jusque-là de l'influence profonde exercée sur lui par l'affection et la fierté que lui inspirait son petit-fils. Jamais encore la beauté, la vigueur et les qualités de cœur et d'esprit du petit garçon ne l'avaient frappé à ce point. Il semblait vraiment impossible à un homme d'un caractère aussi volontaire et aussi entier que le sien de renoncer à ce qui lui tenait tant à cœur. Aussi était-il déterminé à ne pas se rendre sans soutenir d'abord une lutte énergique.

Quelques jours après la visite qu'elle avait faite à M. Havisham, la personne qui disait être lady Fauntleroy se présenta au château, accompagnée de son fils.

Elle ne fut pas reçue.

Le comte ne voulait pas la recevoir, lui fut-il répondu à l'entrée. C'était l'avoué de M. le comte qui s'occupait de l'affaire la concernant.

Ce fut Thomas qui transmit ce message ; et un peu

plus tard, à l'office, il exprima librement son opinion sur la visiteuse.

Il estimait, déclara-t-il, qu'il avait servi assez longtemps dans de grandes familles pour être capable de reconnaître une véritable « lady », et si celle-là en était une, il voulait bien être pendu.

— Mais celle qui habite au Pavillon, ajoutait Thomas avec orgueil, Américaine ou pas Américaine, voilà une dame comme il faut. N'importe qui peut voir ça du premier coup d'œil. Moi-même je l'avais fait remarquer à Henry la première fois que nous l'avons vue.

La visiteuse éconduite était repartie avec une expression de colère mélangée de crainte. Durant ses premières entrevues avec elle, M. Havisham avait observé qu'en dépit d'un caractère emporté et de manières insolentes, elle était beaucoup moins assurée qu'elle ne voulait s'en donner l'air ; par moments, même, elle semblait fort embarrassée de son rôle. On voyait qu'elle ne s'était pas attendue à une telle opposition.

— Assurément, dit un jour l'avoué à Mme Errol, c'est une personne qui sort d'un milieu des plus ordinaires. Elle n'a aucune espèce d'éducation, et n'a visiblement pas l'habitude de se rencontrer avec des gens comme nous sur un pied d'égalité. Elle est déconcertée. Sa visite au château a diminué son assurance ; elle est repartie furieuse, mais intimidée. Le comte n'a pas voulu la recevoir chez lui, mais je lui ai conseillé de venir avec moi à l'*Hôtel de l'Ecu,* où elle est descendue. En le voyant en rer, elle a pâli, ce qui ne l'a pas empêchée de s'emporter aussitôt et de lancer pêle-mêle revendications et menaces.

Le fait est que le comte, redressant sa haute taille, était entré d'un pas majestueux dans la salle avec son air de grand seigneur, et, sans un mot, avait fixé sur la veuve de Bevis le regard incisif de ses yeux sévères. Il s'é ait borné à l'examiner de la tête aux pieds, comme si elle était un objet curieux et repoussant, la laissant exposer ses revendications sans l'interrompre. Quand elle s'arrêta, à bout de souffle, il déclara :

— Vous prétendez être la femme de mon fils aîné. Si c'est vrai, et si la preuve que vous en donnez est irréfutable, vous avez la loi pour vous. En ce cas, votre fils est lord Fauntleroy. La question sera examinée à fond, nous vous en donnons l'assurance. Si vos revendications sont justifiées, une rente vous sera versée. Mais j'entends ne voir ni vous, ni votre fils aussi longtemps que je vivrai. Dorincourt n'aura malheureusement que trop de votre présence après ma mort. Vous êtes exactement la sorte de femme avec laquelle mon fils Bevis était capable de s'acoquiner.

Là-dessus, il lui tourna le dos et sortit de la pièce aussi majestueusement qu'il y était entré.

Quelques jours après, Mme Errol, en train d'écrire dans son petit bureau, fut prévenue de l'arrivée d'un visiteur. La femme de chambre qui l'annonça avait les yeux arrondis par la surprise.

— C'est M. le comte lui-même, dit-elle d'un air tout effaré.

Quand Mme Errol entra dans le salon, elle vit un homme âgé, de haute stature et d'aspect majestueux, debout sur le devant de foyer en peau de tigre. Il avait un beau visage sévère, un profil d'aigle, de longues moustaches blanches et un regard inflexible.

— Madame Errol ? dit-il.

— Oui, monsieur, répondit-elle.

— Je suis le comte de Dorincourt, dit-il.

Sans presque s'en rendre compte, il fit une courte pause pour regarder les yeux levés vers lui. Ils étaient si semblables aux yeux de son petit-fils qu'il éprouva une curieuse sensation.

— L'enfant vous ressemble beaucoup, dit-il brusquement.

— On me l'a souvent dit, milord, répondit-elle. Mais je suis heureuse de penser qu'il a aussi une grande ressemblance avec son père.

Ainsi que lady Lorridaile l'avait dit à son frère, la jeune femme avait une voix très douce et des manières simples et dignes à la fois. Elle ne paraissait pas le moins du monde déconcertée par cette visite soudaine.

— Oui, dit le comte, il ressemble... aussi... à mon fils.

Il porta sa main à sa moustache qu'il tira violemment.

— Savez-vous, reprit-il, pourquoi je suis venu ?

— J'ai vu M. Havisham, commença Mme Errol, et il m'a parlé de revendications...

— Je viens vous dire, interrompit le comte, que ces revendications vont être examinées et qu'elles seront contestées s'il y a lieu. Tout sera mis en œuvre pour défendre la situation de votre fils. Cette femme impossible...

— Peut-être aime-t-elle son fils autant que j'aime Cédric, milord, observa Mme Errol de sa douce voix. Et si elle a été la femme de votre fils aîné, son fils est lord Fauntleroy, et le mien ne l'est pas.

Elle ne montrait pas plus de crainte du comte que Cédric n'en avait témoigné, et elle le regardait tout à fait à la façon du petit garçon ; et le comte, qui avait fait toute sa vie figure de tyran, en était secrètement satisfait. Les gens osaient si rarement différer d'opinion avec lui que c'était pour lui une agréable nouveauté.

— Je suppose, dit-il en fronçant un peu les sourcils, que vous préféreriez qu'il ne devînt point comte de Dorincourt ?

Une vive rougeur envahit le jeune et clair visage.

— C'est une chose magnifique que d'être le comte de Dorincourt, dit-elle. J'en suis convaincue ; mais ce que je souhaite avant tout, c'est que Cédric soit ce qu'était son père : qu'il soit comme lui toujours juste, toujours loyal, et qu'il possède la même noblesse de caractère.

— ... Et fasse un contraste frappant avec son grand-père, n'est-ce pas ? dit Sa Seigneurie d'un ton sardonique.

— Je n'ai pas l'avantage de connaître son grand-père, répliqua Mme Errol ; mais je sais que mon petit garçon croit...

Elle s'interrompit net, regarda le comte avec calme et reprit :

— Je sais que Cédric l'aime beaucoup.

— L'aurait-il aimé, dit le comte froidement, si vous lui aviez dit pourquoi il ne vous recevait pas au château ?

— Non, répondit Mme Errol, je ne le crois pas. C'est pourquoi je n'ai pas voulu qu'il le sût.

— Eh bien ! fit brusquement le comte, il y a très peu de femmes qui auraient agi comme vous.

Il se mit alors à arpenter la pièce en tirant encore plus fort sa moustache.

— Oui, il m'aime, et je le lui rends, dit-il. Je puis dire que dans le passé je ne m'étais jamais attaché à qui que ce soit. Mais j'ai pour lui une grande affection. Il m'a plu dès le premier instant. Je suis vieux, et j'étais fatigué de l'existence. Il m'a donné une nouvelle raison de vivre. Je suis fier de lui. J'étais heureux de penser qu'il serait un jour à la tête de ma maison.

Il se rapprocha de Mme Errol et demeura debout devant elle.

— Je suis très malheureux, dit-il ; très malheureux !

Il le paraissait. Malgré tout son orgueil, il ne pouvait garder une voix ferme et empêcher ses mains de trembler. Pendant un instant on eût pu croire qu'il y avait des larmes dans ses yeux enfoncés.

— Peut-être est-ce parce que je me sens malheureux que je suis venu vous trouver, dit-il en posant sur elle un regard profond. Je vous ai détestée, puis j'ai été jaloux de l'affection que vous porte votre fils. Cette misérable affaire a tout changé. Après avoir vu la femme répugnante qui se dit la veuve de mon fils Bevis, j'ai senti réellement que ce serait pour moi un réconfort que de vous regarder. Je suis un vieil imbécile qui s'est entêté dans sa sottise, et j'admets que j'ai été très injuste à votre égard. Vous ressemblez à ce petit qui est devenu le plus grand intérêt de mon existence. Me sentant malheureux, je suis venu à vous uniquement parce que vous ressemblez à l'enfant, parce qu'il vous aime et que je l'aime. A cause de lui, traitez-moi aussi bien que vous le pourrez.

Il avait prononcé ces quelques phrases d'une voix rauque, presque rude, mais avec un air si abattu que le cœur de Mme Errol en fut ému. Elle se leva et approcha un fauteuil.

— J'aimerais que vous preniez un siège, dit-elle doucement d'un ton compatissant. Vous vous êtes si tourmenté que vous devez être fatigué, et vous avez justement besoin de toutes vos forces.

Cette façon simple et délicate de lui parler et de s'occuper de lui était quelque chose d'aussi nouveau pour le comte que la contradiction. Cela lui rappela de nouveau son petit-fils, et il fit ce que la jeune femme lui demandait. Déjà, sous cette influence apaisante, il commençait à se sentir moins sombre.

— Quoi qu'il arrive, dit-il, le sort de l'enfant sera assuré dans le présent et dans l'avenir.

Avant de partir, le comte promena son regard autour de la pièce.

— Aimez-vous cette maison ? demanda-t-il à Mme Errol.

— Beaucoup, répondit-elle.

— Cette pièce est très agréable, observa-t-il. Puis-je revenir de temps à autre pour causer de toutes ces choses avec vous ?

— Aussi souvent que vous voudrez, milord, répondit-elle.

Là-dessus, il sortit, monta dans sa voiture et reprit le chemin du château. Sur le siège, Henry et Thomas étaient encore muets de surprise du tour imprévu que venaient de prendre les événements.

XIII
Dick vient à la rescousse

Les journaux anglais ne pouvaient manquer de s'emparer d'une affaire aussi sensationnelle, et, lorsqu'ils la relatèrent dans leurs colonnes, les journaux des Etats-Unis se hâtèrent d'en faire autant. Cette histoire était trop passionnante pour qu'on ne la traitât point avec une grande abondance de détails. Les versions qu'on en donnait étaient même si nombreuses et si différentes que M. Hobbs, qui lisait tous les journaux, en perdait presque la tête. Un journal décrivait son ami Cédric comme un enfant en bas âge ; un autre, comme un jeune étudiant d'Oxford qui passait brillamment tous ses examens et composait des poèmes grecs ; un troisième le disait fiancé à la fille d'un duc dont on vantait la beauté ; et un quatrième informait ses lecteurs qu'il venait précisément de se marier. La seule chose qu'on ne disait pas, c'est que Cédric Errol était un petit garçon entre huit et neuf ans, qui avait de beaux mollets et des cheveux bouclés. Un journal affirmait qu'il n'y avait aucune parenté entre lui et le comte de Dorincourt, et que c'était un jeune imposteur qui vendait des journaux dans les rues de New York et couchait dehors avant que sa mère eût réussi à duper l'homme d'affaires du comte de Dorincourt, venu en Amérique pour rechercher l'héritier du nom. Puis venaient des descriptions variées du nouveau lord Fauntleroy et de sa mère. On donnait celle-ci tantôt pour une bohémienne, tantôt pour une actrice, tantôt pour une belle Espagnole, mais tous les chroniqueurs s'accordaient à dire qu'elle avait dans le comte un ennemi mortel qui ne reconnaîtrait son fils pour héritier que contraint ct forcé. Comme on faisait allusion à une légère irrégularité qui avait été relevée dans les actes d'état civil produits par la mère, on pouvait escompter un long procès qui passionnerait plus le public que tout ce qui s'était plaidé devant les tribunaux depuis longtemps. M. Hobbs se faisait un devoir de lire les journaux jusqu'à s'en farcir la tête ; puis, le soir, Dick et lui s'entretenaient ensemble des dernières informations. Ils découvrirent ainsi quel personnage important était un comte de Dorincourt, de quels immenses revenus il jouissait, combien de domaines il possédait et quelle demeure splendide il avait pour résidence ; et plus ils en apprenaient, et plus ils s'agitaient.

— M'est avis qu'il doit y avoir quelque chose à faire, déclarait M. Hobbs. Comte ou pas comte, des choses comme ça ne se lâchent pas...

Mais, en réalité, pour eux il n'y avait rien d'autre à faire que d'écrire chacun une lettre destinée à porter à Cédric l'assurance de leur sympathie et de leur amitié. Ils prirent donc la plume dès qu'ils le purent, et se communiquèrent leurs lettres avant de les envoyer.

Voici ce que M. Hobbs lut sur la lettre de Dick :

« Chair ami

« Jai ressu votre laitre et M. Hobbs a ressu la cienne et nou somme bien enbêté de la tuille qui vou zarrive et y ne faut pas laché la parti et y faut enpaiché les jans de prande vote plasse. Y a des ta de filous qui feuron tou leur possibe pour vou volé si vous ne gardé pâ l'euille ouver et le bon. Mai je veux surtout vou dir ke je noubli pa ce ke vou zavé fai pour moi et si sa va de travair pour vou revené zici pour vou zassocié avec moi. Les affair von on ne peu mieu et je vou protéjeré. Si un tip veu vou zanuyé il ora affère dabor au professeur Dick Tipton. Je ne voua rien de plusse à vou dir pour le praisan.

« DICK. »

Et voici ce que lut Dick sur la lettre de M. Hobbs :

« Cher monsieur,

« J'ai bien reçu votre honorée et trouve que les choses n'ont pas trop bonne tournure. J'ai idée que c'est un coup monté et qu'il faut tenir à l'œil les gens qui ont machiné ça. Je vous écris pour vous dire deux choses. Je vais m'occuper de votre affaire. Ne vous inquiétez pas, je consulterai un homme de loi et ferai tout ce que je pourrai. Et si nous ne pouvons venir à bout de tous ces comtes, il y a toujours une place d'associé pour vous dans le commerce d'épicerie qui vous attend quand vous aurez l'âge, ainsi qu'une maison et un ami pour vous recevoir.

« Recevez mes civilités empressées,

« SILAS HOBBS. »

— Eh bien ! dit M. Hobbs, s'il perd sa place de comte, entre nous deux, il aura tout au moins son existence assurée.

— Sûr ! répondit Dick. Ce n'est toujours pas moi qui le lâcherai. C'est le plus chic petit gosse que j'aie jamais vu.

Le lendemain matin, un des clients de Dick éprouva une certaine surprise. Ce client était un jeune avocat aussi dépourvu d'argent que peut l'être un jeune homme débutant dans la carrière et qui commence tout juste à plaider ; mais c'était un garçon intelligent, actif, doué d'un esprit vif et d'un caractère aimable. Son modeste cabinet était situé près de l'endroit où se tenait Dick, et c'est par celui-ci que chaque matin il faisait cirer ses souliers au passage. Les dits souliers n'étaient pas toujours à l'épreuve de l'eau, mais le jeune avocat ne manquait jamais d'adresser à Dick un mot amical ou une plaisanterie.

Ce matin-là, lorsqu'il posa le pied sur la boîte, il tenait un journal illustré de grand format, reproduisant des portraits visibles à dix pas, qu'il achevait de regarder.

Lorsque Dick eut fini de faire reluire son second soulier, il lui tendit le journal en disant :

— Tenez, Dick, voilà un journal pour vous distraire. Vous pourrez regarder les images en prenant votre déjeuner chez Delmonico. Il y a un château anglais et le portrait de la belle-fille d'un comte — une belle femme, ma foi ! et avec une splendide crinière — qui m'a l'air de soulever là-bas un beau tapage. Il faut vous mettre au courant de ce qui se passe dans le grand monde, Dick. Commencez donc par l'honorable comte de Dorincourt et lady Fauntleroy. Hé là ! qu'est-ce qui vous arrive ?

Les images dont il parlait étaient sur la première page, et Dick, bouche bée, sa figure éveillée pâlie par l'émotion, considérait fixement l'une d'elles.

— Voyons, Dick, demanda le jeune avocat, qu'est-ce qui vous pétrifie de la sorte ?

Dick donnait vraiment l'impression que quelque chose de prodigieux était arrivé. Il désigna le portrait sous lequel était écrit : « La mère du prétendant, lady Fauntleroy. » L'image montrait une belle femme avec de grands yeux et de lourdes nattes de cheveux noirs enroulées autour de sa tête.

— Mince ! s'écria Dick ; c'est elle ! Ah ! je vous réponds que je la connais, et mieux que je n'vous connais encore !

Le jeune avocat se mit à rire.

— Où l'avez-vous rencontrée, Dick ? demanda-t-il. A Newport ? ou à l'Opéra, la dernière fois que vous êtes allé à Paris ?

Mais Dick n'était disposé ni à rire ni à plaisanter. Il se mit à rassembler ses brosses et à ranger son fourniment comme si quelque chose de grave et d'urgent l'obligeait à interrompre son travail.

— Ne vous en faites pas, dit-il. Ce qu'il y a de sûr, c'est que je la connais ! Et me voilà avec du boulot sur les bras, ce matin.

Moins de cinq minutes après, il galopait vers l'épicerie de M. Hobbs.

M. Hobbs n'en croyait pas ses yeux quand, regardant par-dessus le comptoir, il vit Dick se précipiter dans la boutique, un journal à la main. Le jeune garçon était tout essoufflé de sa course, si essoufflé qu'il pouvait à peine parler, et il commença par lancer le journal sur le comptoir.

— Hé là ! s'exclama M. Hobbs, qu'est-ce que c'est que ça ?

— Regardez ! jeta Dick d'une voix haletante. Là... sur la première page... z'yeutez-moi la tête de cette femme... Elle n'est pas de la haute, j'vous en réponds ! fit-il d'un ton de mépris écrasant. C'est pas la femme d'un lord : vous pouvez m'avaler tout cru si c'est pas Minna... oui, Minna ! Je la reconnaîtrais entre mille ; Ben aussi. Vous n'avez qu'à le lui demander.

M. Hobbs se laissa choir sur son siège.

— Je savais que c'était un coup monté, dit-il. Je le savais bien. Et ils ont fait ça parce qu'il est Américain.

— Mais c'est elle, s'écria Dick avec dégoût, c'est elle qui a tout manigancé ! Elle était toujours à machiner des combines, et j'vais vous dire ce qui m'a passé dans le ciboulot dès que j'ai vu son portrait : il y a un de ces journaux qui parlait de son fils et disait qu'il avait une cicatrice au menton. Mettez tout ça ensemble, le fils de Minna et la cicatrice. Eh bien ! ce garçon-là n'est pas plus lord que vous et moi ! C'est le fils de Ben... le moutard qu'elle a blessé en voulant me jeter une assiette à la tête.

Le professeur Dick Tipton avait toujours eu l'esprit vif, et le fait de gagner sa vie dans les rues d'une grande ville le lui avait encore aiguisé. Il avait appris à voir clair et à ne jamais perdre le nord, et il vivait cette heure palpitante avec allégresse. Si le petit lord Fauntleroy avait pu entrer dans l'épicerie, ce matin-là, il aurait trouvé l'entretien des plus intéressants, même si les plans et les projets de discussion avaient eu trait au sort d'un autre petit garçon.

M. Hobbs pliait presque sous le poids de sa responsabilité, et Dick bouillonnait d'ardeur et d'activité. Il commença par écrire une lettre à Ben, à laquelle il joignit le portrait découpé dans le journal, tandis que de son côté M. Hobbs écrivait une lettre à Cédric et une lettre au comte.

Ils étaient plongés tous deux dans leur correspondance quand une idée nouvelle vint à Dick.

— Après tout, dit-il tout à coup, le monsieur qui m'a donné le journal est avocat. Si nous lui demandions ce qu'il faut faire ? Les avocats, ça se connaît à ces trucs-là.

Cette suggestion produisit une grande impression sur M. Hobbs, et lui fit admirer sans réserve les capacités de Dick pour les affaires.

— C'est juste, dit-il, dans une affaire comme celle-là on ne peut pas se passer d'un avocat.

· Ayant confié sa boutique à un voisin, il endossa sa veste et se mit en route d'un bon pas avec Dick.

Un peu plus tard, tous deux se présentaient avec leur histoire dans le cabinet de M. Harrison, au grand étonnement du jeune avocat.

Si M. Harrison n'avait pas été un avocat très jeune, à l'esprit entreprenant et plus libre de son temps qu'il ne l'eût désiré, peut-être aurait-il été moins disposé à s'intéresser au récit romanesque que ses visiteurs lui firent ; car tout ce qu'ils racontaient était bien étrange et bien fantastique ; mais la chance voulait qu'il souhaitât vivement trouver quelque chose pour employer ses énergies, et la chance voulait également qu'il connût Dick et que celui-ci exposât son affaire d'une façon vivante et animée qui commandait l'intérêt.

— Ma foi, dit M. Harrison, si les choses tournent bien, ce sera une cause sensationnelle et le résultat en sera presque aussi intéressant pour moi que pour lord Fauntleroy ; en tout cas on ne risque rien à faire une enquête. D'après les journaux, il semble qu'il y ait quelque chose d'un peu obscur au sujet de l'enfant. Cette femme s'est contredite dans certaines de ses déclarations sur l'âge de son fils, ce qui a soulevé quelque suspicion. Les personnes auxquelles il faut écrire pour commencer sont le frère de Dick et l'homme de loi chargé des intérêts du comte de Dorincourt.

Avant le coucher du soleil, deux lettres avaient été rédigées et envoyées dans deux directions opposées. L'une quittait à toute vitesse le port de New York à destination de l'Angleterre, et l'autre partait dans un train chargé de voyageurs et de courrier pour la Californie. La première était adressée à T. Havisham, Esq., et la seconde à Benjamin Tipton.

Ce soir-là, après la fermeture du magasin, M. Hobbs et Dick s'installèrent dans l'arrière-boutique et poursuivirent leur entretien très tard dans la nuit.

XIV
Le mensonge confondu

C'est étonnant comme il faut peu de temps pour que des choses extraordinaires se produisent ! Il n'avait fallu que quelques minutes pour changer le destin du petit garçon qui, perché sur le grand tabouret, bavardait en balançant ses jambes dans l'épicerie de M. Hobbs et pour transformer cet enfant qui menait la plus simple des existences dans la plus calme des rues de New York en un jeune seigneur anglais, héritier d'un titre de comte et d'une fortune magnifique. Il n'avait fallu que quelques minutes également pour changer ce jeune seigneur en un petit imposteur sans le sou, n'ayant aucun droit aux splendeurs dont il avait commencé à jouir. Si étonnant que cela paraisse, il ne fallut pas beaucoup de temps pour changer de nouveau la face des choses et restituer à notre jeune ami tout ce qu'il avait été en danger de perdre.

Il fallut d'autant moins de temps, que la femme qui s'était présentée sous le nom de lady Fauntleroy avait beaucoup moins d'intelligence que de perversité, et que, pressée de questions par M. Havisham au sujet de son mariage et de son fils, elle avait commis deux ou trois maladresses qui avaient éveillé les soupçons. S'en étant aperçue, elle avait alors perdu tout contrôle d'elle-même, et, dans son émotion, s'était trahie encore davantage.

Toutes ses contradictions avaient trait à l'enfant. Il

semblait bien établi qu'elle avait épousé Bevis, lord Fauntleroy, qu'elle s'était disputée avec lui et qu'il lui avait donné de l'argent pour se débarrasser d'elle. Mais M. Havisham découvrit que ce qu'elle racontait sur la naissance de l'enfant, qui, d'après elle, aurait eu lieu dans un certain quartier de Londres, était faux ; et l'on était encore sous le coup de l'émotion causée par cette découverte, lorsque étaient arrivées en même temps la lettre de M. Hobbs et celle du jeune avocat.

Quelle émotion au château, ce soir-là ! Le comte et M. Havisham s'enfermèrent dans la bibliothèque pour discuter leurs plans.

— Au bout de deux ou trois entrevues avec cette femme, dit M. Havisham, j'ai commencé à suspecter fortement ses assertions. Il me semblait bien que l'enfant était plus âgé qu'elle ne le prétendait ; et justement, en parlant de la date de naissance de son fils, elle laissa échapper quelque chose qui ne s'accordait pas avec le reste et qu'elle s'efforça ensuite de rattraper. L'histoire que révèlent ces lettres vient renforcer certains de mes soupçons. Ce que nous avons de mieux à faire est de câbler sur-le-champ en Amérique pour faire venir ces deux Tip on, et nous les confronterons avec elle à l'improviste. Cette femme ne me fait pas l'effet d'être très habile. Il y a beaucoup de chances pour qu'elle perde la tête et se trahisse.

Et c'est bien ce qui arriva. Pour ne pas éveiller ses soupçons, M. Havisham continua à la voir, l'assurant qu'il poursuivait ses investigations ; et elle commença bientôt à se sentir si sûre du succès qu'elle retrouva tou'e son insolence.

Un beau matin, comme elle était assise dans son petit salon de l'*Hôtel de l'Ecu,* en train de bâtir des plans magnifiques, M. Havisham se fit annoncer. Il entra, suivi de trois personnes : l'une était un grand garçon à la mine éveillée, l'autre un homme jeune et robuste, et le troisième le comte de Dorincourt lui-même.

A cette vue, la prétendue lady Fauntleroy sauta sur ses pieds et un cri de terreur lui échappa. Quand elle pensait à ces deux nouveaux venus, ce qui ne lui était guère arrivé depuis des années, elle les imaginait à des milliers de lieues de l'Angleterre et elle ne croyait pas les revoir jamais.

Dick, il faut le reconnaître, se mit à ricaner en la voyant.

— Hé ! Minna, fit-il, comment va ?

Le grand jeune homme, qui était Ben, la dévisagea en silence.

— La reconnaissez-vous ? lui demanda M. Havisham dont le regard allait de l'un à l'autre.

— Oui, dit Ben, je la reconnais, et elle aussi me reconnaît.

Là-dessus, il lui tourna le dos et alla se poster devant la fenêtre comme si la vue de cette femme lui faisait horreur. Celle-ci, se voyant démasquée, eut un de ces accès de fureur auxquels Ben et Dick avaient si souvent assisté jadis. En écoutant les injures et les violentes menaces qu'elle leur adressait à tous, Dick ricana seulement un peu plus. Mais Ben ne se retourna même pas.

— Je puis jurer devant n'importe quel tribunal que c'est bien elle, dit-il à M. Havisham ; et je puis amener une douzaine de témoins prêts à en faire autant. Son père n'est qu'un simple ouvrier, mais c'est un brave et digne homme. Sa mère était tout comme elle ; elle est morte, mais le père est toujours là, et il est assez honnête pour avoir honte d'une telle fille. Il vous dira ce qu'elle est et si elle m'a épousé ou non.

Puis, serrant les poings, il se tourna soudain vers Minna.

— Où est l'enfant ? demanda-t-il. Je l'emmène. Il en a fini avec sa mère, et moi aussi.

Comme il achevait ces mots, la porte communiquant avec la chambre s'entrouvrit, et l'enfant, attiré sans doute par les éclats de voix, passa la tête. Ce n'était pas un bel enfant, mais il avait une gentille frimousse et ressemblait beaucoup à Ben, comme tout le monde put le constater. Son petit menton portait une cicatrice triangulaire.

Ben alla vers lui et lui prit la main dans sa grande main qui tremblait.

— Oui, dit-il, je puis jurer que je le reconnais, lui aussi. — Tom, dit-il au petit bonhomme, je suis ton papa. Je viens te chercher. Où est ton chapeau ?

Le petit montra la chaise sur laquelle son chapeau était posé. Il était évidemment content d'apprendre qu'il allait partir. Il avait mené jusque-là une existence si singulière que cela ne le surprenait pas beaucoup de voir cet étranger lui annoncer qu'il était son père. Il avait si peu d'attachement pour la mère, qui était venue le chercher quelques mois auparavant à l'endroit où il vivait depuis sa petite enfance, qu'il était tout prêt à accepter sans se faire prier ce nouveau changement. Ben prit le chapeau et se dirigea vers la porte.

— Si vous avez encore besoin de moi, dit-il à M. Havisham, vous savez où me trouver.

Là-dessus il sortit, en tenant l'enfant par la main, sans accorder un autre regard à sa femme, laquelle continuait à donner libre cours à sa fureur, tandis que le comte la considérait avec calme à travers le lorgnon qu'il avait posé sur son aristocratique nez busqué.

— Allons, allons ! jeune femme, dit M. Havisham, votre colère n'arrangera rien. Si vous ne voulez pas qu'on vous enferme, vous ferez bien de vous calmer.

Cela fut dit d'un ton si froid et si net, que Minna sentit que ce qu'elle avait de mieux à faire était de s'en aller, et, lançant à l'avoué un regard sauvage, elle se précipita dans l'autre pièce en claquant la porte derrière elle.

— Elle ne nous donnera plus aucun ennui, dit M. Havisham.

Il avait raison, car, le soir même, Minna quittait l'*Hôtel de l'Ecu,* prenait le train pour Londres, et on n'entendit plus jamais parler d'elle.

En sortant de la pièce après l'entrevue, le comte regagna immédiatement sa voiture.

— A Court Lodge, dit-il à Thomas.

— A Court Lodge, dit Thomas au cocher en mon-

tant sur le siège ; et m'est avis qu'on va voir des choses auxquelles on ne s'attendait guère.

Lorsque la voiture s'arrêta devant le Pavillon, Cédric se trouvait dans le salon avec sa mère. '

Le comte entra sans se faire annoncer. Sa taille semblait s'être redressée de plusieurs pouces et il paraissait rajeuni de plusieurs années. Ses yeux rayonnaient.

— Où donc, dit-il, est lord Fauntleroy ?

Mme Errol s'avança, toute rougissante.

— Est-il vraiment lord Fauntleroy ? demanda-t-elle.

Le comte tendit la main et saisit la sienne.

— Oui, répondit-il, il est vraiment lord Fauntleroy.

Puis il posa son autre main sur l'épaule de Cédric.

— Fauntleroy, dit-il de sa voix brève et autoritaire, voulez-vous demander à votre mère quand elle viendra s'installer près de nous au château ?

Fauntleroy jeta ses deux bras autour du cou de sa mère.

— Pour vivre avec nous ! s'exclama-t-il. Pour vivre avec nous toujours, toujours !

Sa Seigneurie regarda Mme Errol et Mme Errol regarda Sa Seigneurie. Le comte de Dorincourt était tout à fait sérieux. Il avait résolu de ne pas perdre une minute pour arranger l'affaire. La pensée de se réconcilier avec la mère de son petit-fils ne lui déplaisait plus du tout.

— Etes-vous tout à fait sûr que vous avez besoin de moi ? demanda Mme Errol avec son doux et charmant sourire.

— Tout à fait sûr ! dit-il brusquement. Nous avons toujours eu besoin de vous, mais nous ne nous en rendions pas compte. Nous espérons que vous voudrez bien accepter.

XV
L'anniversaire
du petit Lord

Ben reprit son fils et retourna en Californie. Il y retourna bien nanti. Juste avant son départ, M. Havisham eut un entretien avec lui et l'informa que le comte de Dorincourt voulait faire quelque chose pour l'enfant qui avait failli devenir lord Fauntleroy ; c'est pourquoi il avait résolu de placer des fonds dans un ranch dont la gestion serait confiée à Ben dans des conditions particulièrement avantageuses pour lui et pour son fils ; l'avenir de l'enfant se trouverait ainsi assuré. Ben partit donc en qualité de régisseur d'un ranch dont il serait à peu près le maître et qui pourrait être plus tard sa propriété effective — ce qui advint en effet au bout de quelques années. — Tom, le petit garçon, y grandit et devint avec le temps un beau gaillard solide, très attaché à son père. Tous deux, en travaillant ensemble, connurent des jours si heureux et si prospères que Ben avait coutume de dire que son fils Tom lui avait fait oublier toutes ses misères passées.

Quant à Dick et à M. Hobbs, — car ce dernier avait tenu à accompagner les deux frères en Angleterre pour s'assurer que tout se passerait bien, — ils ne retournèrent pas tout de suite en Amérique. Dès le début, le comte avait décidé qu'il assurerait le sort de Dick et voulait commencer par lui faire donner une solide instruction ; et M. Hobbs, ayant laissé son épicerie à la garde d'une personne de confiance, s'était dit qu'il pouvait bien se permettre de rester assez longtemps en Angleterre pour assister aux grandes réjouissances qui devaient marquer le neuvième anniversaire de lord Fauntleroy. Tous les fermiers et leurs familles étaient invités ; il devait y avoir un banquet, des danses et des jeux dans le parc de Dorincourt, et, le soir, on devait allumer des feux de joie et tirer un feu d'artifice.

— Tout à fait comme au Quatre Juillet, disait lord Fauntleroy. C'est bien dommage que mon anniversaire ne tombe pas le 4 juillet, n'est-ce pas, monsieur Hobbs ? Nous aurions célébré les deux fêtes ensemble.

Il faut reconnaître que le comte et M. Hobbs ne se lièrent pas aussi intimement qu'on aurait pu le souhaiter dans l'intérêt de l'aristocratie anglaise. Le fait est que le comte n'avait guère connu d'épiciers au cours de son existence, et que M. Hobbs n'avait jamais eu de rapports étroits avec des comtes. Aussi, dans leurs rares entrevues, la conversation avait-elle tendance à languir. Il faut aussi reconnaître que M. Hobbs s'était senti passablement écrasé par les splendeurs dont Fauntleroy avait jugé bon de lui faire les honneurs.

Dès son arrivée, la porte d'entrée avec ses lions en pierre et la grande avenue avaient fait sur lui une vive impression, et quand il vit le château, les jardins d'agrément, les serres, les terrasses, les paons, les oubliettes, les armures, l'escalier d'honneur, les écuries et les domestiques en livrée, il fut littéralement confondu. Mais ce fut la galerie de tableaux qui lui donna le coup de grâce.

— C'est comme qui dirait un musée, observa-t-il à Fauntleroy quand celui-ci l'introduisit dans la superbe salle aux murs couverts de portraits.

— Eu... n-non..., répondit Fauntleroy d'un air indécis, je ne crois pas que ce soit un musée. Mon grand-père dit que ce sont mes aïeux... mes arrière-grands-parents, ajouta-t-il devant l'air interrogateur de M. Hobbs.

— Vos arrière-grands-parents ! s'exclama M. Hobbs effaré. Je ne pensais pas qu'on pouvait en avoir une telle quantité. Comment leur père a-t-il fait pour élever une si nombreuse famille ?

Il se laissa choir sur un siège et regarda autour de lui
d'un air troublé jusqu'à ce que lord Fauntleroy fût parvenu à lui faire comprendre que les originaux de ces
portraits appartenaient à plusieurs générations de Dorincourt.

Mais pour présenter ses ancêtres il jugea plus sûr
de faire appel à l'aide de Mme Mellon qui savait sur le
bout du doigt tout ce qui concernait les portraits, pouvait dire le nom des peintres qui les avaient faits, et
ajoutait à ces renseignements de romanesques histoires
sur les nobles dames et seigneurs qu'ils représentaient.

Les histoires de Mme Mellon captivèrent fort

M. Hobbs ; et dans la suite, il vint souvent du village, où il logeait à l'*Hôtel de l'Ecu,* à seule fin de passer un moment dans la galerie de tableaux. Il allait d'un portrait à l'autre, contemplant à loisir les dames et les messieurs qui semblaient le fixer du regard, et hochait la tête en répétant :

— Dire que tous ces gens étaient des comtes et des comtesses ! et que lui sera comte comme eux et possédera tout cela !

Au fond, M. Hobbs n'était pas, à beaucoup près, aussi choqué qu'on aurait pu s'y attendre par les comtes et leur manière de vivre ; et l'on peut même se demander si les rigides principes républicains qu'il professait n'étaient pas quelque peu ébranlés depuis qu'il s'était familiarisé avec les châteaux, les aïeux et tout le reste. En tout cas, il eut un jour une réflexion remarquable et tout à fait inattendue. « Après tout, cela ne me ferait trop rien d'être comte », déclara-t-il, ce qui représentait de sa part une très grande concession.

Quel jour merveilleux que celui de l'anniversaire du petit lord Fauntleroy, et comme Sa jeune Seigneurie en jouit de tout son cœur ! Que le parc était joli avec tous ces villageois endimanchés et avec les oriflammes qui flottaient sur les tentes et au sommet du château ! Aucun des invités ne manquait, car tout le monde était enchanté que le petit lord Fauntleroy continuât à être le petit lord Fauntleroy et le futur maître du domaine. Chacun voulait le voir de près, et voir aussi sa douce et jolie maman qui s'était déjà fait tant d'amis dans le village. Sans aucun doute, tous ces gens se sentaient mieux disposés envers le comte lui-même, tant à cause de l'affection confiante que lui témoignait le petit garçon, que parce qu'il s'était réconcilié avec la mère de son petit-fils et la traitait maintenant avec beaucoup d'égards. On disait même qu'il montrait pour elle une véritable sympathie, et qu'entre le jeune lord et sa mère, le comte avait des chances de devenir, avec le temps, le plus aimable et le plus courtois des vieux gentilshommes, ce dont tout le monde ne pourrait que se féliciter.

Quelle foule joyeuse se pressait sous les arbres, dans les tentes et sur les pelouses ! Des fermiers et des fermières dans leurs plus beaux atours, des jeunes filles avec leurs promis, des enfants qui jouaient et se poursuivaient dans les bosquets, et de bonnes vieilles en cape rouge qui bavardaient entre elles. Au château, il y avait les amis venus pour assister à ces réjouissances villageoises, féliciter le comte et faire la connaissance de Mme Errol. Lady Lorridaile et sir Harry étaient là, et sir Thomas Asshe et ses filles, et bien d'autres encore, et, naturellement, M. Havisham. Il y avait aussi la belle miss Viviane Herbert avec une ravissante robe blanche et une ombrelle de dentelle, entourée d'un cercle de jeunes gens fort empressés. Mais très certainement elle préférait le petit lord Fauntleroy à tous ses admirateurs réunis. Dès que celui-ci l'aperçut, il courut à elle et lui jeta les bras autour du cou. La jeune fille en fit autant et l'embrassa avec autant de chaleur et de tendresse que si Cédric avait été pour elle un petit frère préféré.

— Mon petit lord Fauntleroy ! s'écria-t-elle. Cher petit זוחו ! je suis si contente, si contente !

Elle se promena avec lui dans le parc dont Cédric fut heureux de lui faire les honneurs et, quand il l'amena à l'endroit où se tenaient M. Hobbs et Dick, il lui dit :

— Miss Herbert, voici mon très vieil ami M. Hobbs et mon autre vieil ami Dick à qui j'ai dit combien vous étiez jolie, et qui désiraient beaucoup vous voir.

Elle leur serra la main à tous deux et resta un moment à causer avec eux de la façon la plus cordiale. Tandis qu'elle leur posait toutes sortes de questions sur l'Amérique et sur leurs impressions d'Angleterre, Fauntleroy, la tête levée vers elle, la dévorait des yeux et rougissait de joie en voyant que M. Hobbs et Dick étaient conquis, eux aussi.

— Ma parole, décréta gravement Dick quand elle se fut éloignée, elle est mignonne comme tout, la petite demoiselle... Elle est... ben oui, elle est mignonne comme tout. Y a pas moyen de dire le contraire.

Chacun la suivit des yeux partout où elle passait, et

chacun suivait des yeux également le petit lord Fauntleroy. Le soleil brillait, les oriflammes s'agitaient, les jeux et les danses battaient leur plein, et le petit lord se sentait franchement heureux.

Le monde entier lui paraissait magnifique.

Quelqu'un d'autre était heureux : un vieillard auquel une longue et fastueuse existence n'avait jamais procuré un réel bonheur. Peut-être pensera-t-on que c'était parce qu'il était devenu meilleur. A vrai dire, le comte de Dorincourt n'avait point acquis en un clin d'œil toutes les qualités que lui attribuait généreusement Fauntleroy ; mais son cœur s'était ouvert à des sentiments d'affection, et il avait trouvé plusieurs fois une sorte de plaisir à exécuter les desseins charitables que lui avait suggérés le cœur innocent d'un enfant. De plus, il appréciait chaque jour davantage la femme de son fils. Les gens disaient, et c'était vrai, qu'il commençait à s'attacher vraiment à elle. La douce voix et le charmant visage de la jeune femme lui étaient devenus nécessaires. Assis dans son grand fauteuil, il se plaisait à écouter causer la mère et le fils ; il entendait alors des expressions douces et tendres, peu familières à son oreille ; et il commençait à comprendre pourquoi un petit garçon qui avait vécu dans une modeste rue de New York et fréquenté des épiciers et des cireurs de bottes, pouvait avoir des manières si raffinées et une petite âme si droite et si virile que personne n'avait eu à rougir de lui, même lorsqu'il était devenu, par un coup du sort, l'héritier d'un grand nom, destiné à vivre dans un des plus beaux châteaux d'Angleterre.

La raison, après tout, en était très simple : c'est parce que Cédric avait vécu près d'une mère au cœur tendre et délicat qui lui avait enseigné à ne nourrir que de généreuses pensées et à se montrer toujours bon envers ses semblables. En arrivant d'Amérique, il ignorait tout de la grandeur et des richesses, mais il avait une nature confiante et droite, et ceci vaut tous les trésors du monde.

Ce jour-là, en regardant le petit lord aller et venir dans le parc pour faire à tous les honneurs de la fête, le vieux comte de Dorincourt était véritablement fier de son petit-fils. Il le fut encore davantage lorsque tous deux se rendirent à la grande tente où les fermiers du domaine étaient réunis pour le grand banquet.

On commençait à porter des toasts et, après avoir bu à la santé du comte avec un enthousiasme que le nom du vieux gentilhomme n'avait jamais soulevé jusque-là, on proposa la santé du « Petit lord Fauntleroy ».

S'il y avait eu le moindre doute au sujet de la popularité dudit petit lord, ce doute eût été dissipé à l'instant. Quelle clameur ! quel cliquetis de verres ! quel tonnerre d'applaudissements ! Ces braves gens au cœur chaud aimaient tant le petit garçon que, sans se soucier de la présence des invités du château venus pour les voir, ils poussaient leurs hourras à tue-tête pour mieux exprimer leur enthousiasme. De braves femmes à l'aspect maternel regardaient avec attendrissement le petit garçon qui se tenait debout entre sa mère et son grand-père, en se disant les unes aux autres :

— Que Dieu bénisse le cher petit lord !

Le petit lord Fauntleroy était dans le ravissement. Il souriait et faisait force petits saluts, et rougissait de plaisir jusqu'à la racine de ses cheveux blonds.

— Est-ce que c'est parce qu'ils m'aiment, Chérie ? demanda-t-il à sa mère. Est-ce pour cela, dites ? Oh ! Chérie, que je suis content !

— Maintenant, Fauntleroy, dit le comte en posant la main sur l'épaule de l'enfant, il faut leur dire quelques mots pour les remercier.

Fauntleroy leva les yeux vers lui, puis les tourna vers sa mère.

— Vous croyez ? fit-il avec un peu de timidité.

Mais sa mère sourit, miss Herbert aussi, et toutes deux inclinèrent la tête. Alors Cédric fit un pas en avant, et parla le plus fort qu'il put. Sa voix enfantine résonna haute et claire dans le silence qui venait soudain de s'établir, tandis que tous les yeux se fixaient sur lui.

— Je vous remercie de tout mon cœur, dit-il. J'espère que vous avez tous passé une bonne journée pour mon anniversaire, car moi, je me suis joliment amusé... Je

pensais d'abord que cela ne me plairait pas beaucoup d'être comte, mais maintenant j'en suis très content... et... et je tâcherai seulement d'être aussi bon que mon grand-père.

Et parmi les bravos et les applaudissements, le petit lord Fauntleroy recula avec un soupir de soulagement, mit sa main dans celle de son grand-père et s'appuya contre lui en souriant.

Ici devrait se terminer mon histoire, si je ne devais ajouter encore une curieuse information concernant M. Hobbs. La vie de château et la fréquentation du grand monde avaient tellement charmé le digne homme qu'il vendit son fonds d'épicerie de New York et s'installa dans le village anglais d'Erleboro' où il ouvrit un magasin qui, favorisé par la clientèle du château, réussit à merveille. Bien qu'il n'eût jamais avec le comte de rapports très intimes, le bon M. Hobbs devint à la longue plus féru d'aristocratie que Sa Seigneurie elle-même. Il lisait tous les ma'ins les nouvelles de la Cour et suivait assidûment les débats de la Chambre des lords. Quelques années plus tard, comme Dick, ses études terminées, se disposait à partir pour la Californie afin de revoir son frère, et qu'il demandait au brave épicier s'il n'avait pas envie de retourner aux Etats-Unis, ce dernier hocha gravement la tête.

— Pas pour y vivre, répondit-il. Pas pour y vivre... J'aime mieux rester ici et, comme qui dirait, veiller sur lui. Là-bas, c'est un bon pays pour ceux qui ont de la jeunesse et de l'allant ; mais tout n'y est pas parfait : ils ne savent pas ce que c'est qu'un comte... et ils n'ont même pas d'aïeux.

TABLE

Des histoires d'enfance
des histoires d'amitié

dans la collection FOLIO **JUNIOR**

LE **JARDIN** SECRET

Frances H. **Burnett**

n°559

À la mort de ses parents, Mary Lennox quitte l'Inde, où elle avait toujours vécu. Exilée dans le manoir anglais d'un oncle absent, Mary trouve du réconfort dans l'amitié. Elle partage avec Dickon, Collin et le rouge-gorge, un merveilleux secret : un jardin oublié de tous, dont la clef, comme par magie, ouvre aussi la porte des cœurs...

LA PETITE PRINCESSE
Frances H. Burnett
n°659

Sara Crewe, fille unique et choyée d'un riche Anglais installé aux Indes, vient parfaire son éducation dans un pensionnat réservé aux jeunes filles de la bonne société londonienne. Le jour de l'anniversaire de Sara, une fête somptueuse se prépare à la pension. Mais un homme de loi se présente, porteur d'une terrible nouvelle, qui bouleverse la vie de la fillette.

MATILDA
Roald Dahl
n° 744

Avant même d'avoir cinq ans, Matilda sait lire et écrire, connaît tout Dickens, a dévoré Kipling et Steinbeck. Pourtant son existence est loin d'être facile, entre une mère abrutie par la télévision, et un père escroc.

A L'ENSEIGNE DU DIABLE
Leon Garfield
n° 727

Peter Puffin est un garçon turbulent et difficile. Le contraire de son frère jumeau Paul. Ses parents ne sont pas fâchés de l'envoyer en apprentissage chez un respectable serrurier.

Mais ce galopin ne rêve que de Zanzibar et des mers de Chine. C'est la clef de sa liberté que Peter veut gagner, et pour cela, il est prêt à étouffer la voix de sa conscience.

Car le diable rôde et tend ses pièges dans l'ombre. Paul réussira-t-il à sauver son frère ?

LA FILLE DE PAPA PÈLERINE
Maria **Gripe**
n° 208

Laëlla aime la forêt, sa maison et le vieil épouvantail qu'elle a baptisé « Papa Pèlerine ». Au village, on la dit sauvage et renfermée.

Seule Mme Adine l'aide à s'occuper de ses deux jeunes frères pendant les longues absences de sa mère qui navigue sur les mers lointaines. Mais cette fois, maman a écrit qu'elle ne rentrerait pas cet hiver. Il faut tout quitter et aller en pension.

L'ÉTRANGE VOYAGE DE SOPHIE
Els **Pelgrom**
n° 478

Sophie doit passer ses journées entières au lit car elle est très malade. Elle harcèle son maître,

M. Joram, de questions incessantes : « Au fait, qu'est-ce qui nous arrive quand on est mort ? » Ce soir-là, Sophie suit Grande Guenille, sa poupée favorite, vers un monde inconnu et merveilleux.

HEIDI

Johanna **Spyri**

n° 712

Heidi, une jeune orpheline, doit aller vivre chez son grand-père, homme solitaire qui vit dans l'alpage. D'abord effrayée par ce curieux personnage, elle apprend vite à l'aimer et se laisse séduire par l'existence simple qu'il mène. Aux côtés du vieil homme et de Peter, son nouvel ami, elle découvre les beautés de la montagne.

HEIDI/2
UN ÉTÉ DANS LES MONTAGNES

Johanna **Spyri**

n° 759

Heidi ne se tient plus de joie. Son amie Clara vient d'arriver au chalet de Grand-Père pour un long séjour. Clara découvre avec émerveillement l'air pur des alpages, les sapins majestueux, les prés qui s'étendent à perte de vue.

Seule sa maladie jette une ombre sur les retrou-

vailles avec Heidi. Se pourrait-il, comme le prétend le docteur Classen, que les montagnes aient « le pouvoir de soigner le corps et de guérir l'âme » ?

Heidi, qui n'a rien perdu de sa fraîcheur et de son enthousiasme, veut y croire de toutes ses forces.

LES AVENTURES DE TOM SAWYER
Mark **Twain**
n°449

Pour Tom, il y a des choses vraiment plus importantes que l'école : aller à la pêche, jouer à Robin des Bois, ou retrouver son grand ami Huck. À force d'inventer des histoires et de se prendre pour des bandits, Tom et Huck vont se retrouver mêlés à un véritable crime...

HUCKLEBERRY FINN
Mark **Twain**
n°230

Si vous n'avez pas lu Les Aventures de Tom Sawyer, vous ne savez pas qui je suis, mais ça n'a pas d'importance. C'est M. Mark Twain qui a écrit ce livre, et ce qu'il y raconte, c'est la vérité vraie, presque toujours. Il exagère quelquefois, mais il n'y dit guère de menteries. Bah ! ce n'est pas bien grave... Ça arrive à tout le monde de mentir de temps à autre, sauf à tante Polly peut être...

ISBN 2-07-051812-4
Loi n°49-956 du 16 juillet 1949
sur les publications destinées à la jeunesse
Dépôt légal : novembre 1997
1er dépôt légal dans la même collection : octobre 1986
N° d'édition : 84715 - N° d'impression : 40459
Imprimé en France sur les presses de l'imprimerie Hérissey